# LE JUGEMENT DE LÉA

Laurence Tardieu est née en 1972 à Marseille et a fait des études de commerce. Elle a publié *Comme un père* en 2002 et *Puisque rien ne dure* en 2006. Elle est également comédienne et vit en région parisienne.

DU MÊME AUTEUR

Comme un père
*Arléa, 2002*

Puisque rien ne dure
*Stock, 2006*

Laurence Tardieu

# LE JUGEMENT DE LÉA

ROMAN

*Arléa*

TEXTE INTÉGRAL

ISBN 978-2-7578-0248-9
(ISBN 2-86959-655-3, 1re publication)

*Pour Gilles*

Je m'appelle Léa. J'ai trente-six ans. Je suis assise sur une chaise et j'attends.

J'ai peur.

Je suis là pour mon enfant, Théo. Il a quatre ans. Il est mort.

Ils disent que je l'ai tué. Ils disent qu'ils vont réfléchir. Évoquent d'éventuelles circonstances atténuantes. À les entendre, on croirait qu'ils ne savent pas ce que c'est, l'amour d'un enfant. Le rire d'un enfant pour une mère. On croirait que personne ne connaît ça. Pierre est passé hier soir. Il m'a dit : ne t'en fais pas, on te sortira de là. Je n'ai rien répondu. Je l'ai regardé se tortiller d'un pied sur l'autre, éviter mon regard. Pauvre Pierre. Il n'imagine pas la solitude dans ce trou. La violence. La solitude à en crever. Personne ne peut imaginer comment ça vous use jusqu'à vous faire tout oublier, même votre nom.

Léa. Je m'appelle Léa.

J'ai froid. Depuis des semaines j'ai froid. Hier, ils m'ont donné une autre couverture. Je grelottais. L'infirmière a eu pitié. Elle m'a regardée longuement, j'ai vu dans ses yeux la tristesse. J'y ai cherché un peu de chaleur. Elle aussi a un enfant, je le sais, c'est Lise qui me l'a dit.

Au lieu de chaleur j'ai entendu ses paroles : vous deviez être bien mal pour en arriver là.

J'aurais voulu lui répondre quelque chose. Me retenir à elle. Un mot qui aurait fait qu'elle me touche, m'étreigne. Même pleurer je n'y arrive plus.

Je suis sortie. Comme je passais dans le couloir qui jouxte l'infirmerie, des filles m'ont injuriée.

On m'a demandé de parler de moi. De me raconter. Je ne suis pas certaine d'avoir une histoire. Ils ont insisté. C'est important pour le dossier, a assuré l'avocate en se mordillant la lèvre. Alors voilà. Je ferme les yeux. J'essaie de me souvenir.

Où suis-je, avant ? Je cherche. Je revois des images. Parfois je ne sais plus s'il s'agit d'un rêve ou de la réalité. Je ne sais plus où me situer. Rien n'est à sa place. Pourtant, comme j'aimerais retrouver mon enfance. En attraper quelque chose, pour en retirer la certitude que ma vie a commencé comme celle des autres, sur une terre ferme.

J'ai été une petite fille riche. Robe à smocks, souliers vernis, rubans de satin dans les cheveux. Plus tard, jupes écossaises, chemisiers à col rond. Cours de violon, d'équitation, nurse anglaise. Vacances entre Deauville, Saint-Raphaël, Chamonix. Mon enfance ressemble à une longue errance dans un couloir silencieux dont les issues auraient été condamnées.

Quelqu'un me demande si ça va. Un petit homme chauve en uniforme bleu marine. Son regard est gris, vaste comme l'océan. Il paraît que je claque des dents. Depuis des mois j'ai froid en permanence, surtout au ventre et dans le bas du dos. Je ne peux rien y faire. Il hoche la tête lentement. Je me recroqueville sur la chaise.

Magma de mon enfance. Mon frère Théo. Lui et moi c'est une certitude, je sais que ça a existé. Le matin nous partions ensemble, je serrais sa main le plus fort possible, effrayée à l'idée de me perdre, déjà j'avais peur de me perdre, de perdre mon corps dans la foule des mamans et des enfants agglutinés sous le porche de l'école et qui piaillaient, tous ces bruits qui me résonnaient dans la tête, derrière les tempes, peur que mon corps glisse le long du ventre, le long des cuisses, pour finir en bouillie que j'imaginais semblable à la banane écrasée qu'on me donnait tous les jours au goûter et dont la seule vision me soulevait le cœur. Il me suffisait de fermer les yeux pour me représenter le minuscule espace vide à la place de mon corps, la bouillie par terre, et tout ce monde autour de moi qui ne remarquait rien et continuait à s'agiter. Je serrais la main de Théo. Je nous savais ensemble.

Je me souviens d'un jour où il n'avait pas pu

m'accompagner. Grippé, il avait dû rester au lit. C'est la main de Jane, la nurse, qui s'était glissée dans la mienne. Une fille immense, nattes rousses, poitrine opulente, épaules larges. En arrivant j'avais senti un liquide brûlant couler le long de mes jambes. La panique s'était emparée de moi, je m'étais dit : ça y est, je disparais, je disparais, et personne ne s'en aperçoit, jusqu'à ce que me parvienne la voix de Jane, consternée : Marie, tu fais pipi, voyons, une grande fille comme toi, tu n'as pas honte ! et que je me rende aux toilettes, sous les ricanements des autres enfants.

J'aimerais que ces éclairs, et tout le reste, tout ce que ma mémoire n'a pas su conserver, s'assemblent pour former un bloc homogène, sans fissure, sans interstice. Peu importe que la couleur d'ensemble soit grise, ou noire – les douleurs aussi ont leur lumière. Non, ce qu'il faudrait, c'est que je puisse leur donner à voir quelque chose dont ils diraient : voilà, c'est une vie, un tout, un fil qui a été déroulé.

Tous ces trous dans ma vie, ces fossés, ces ruptures. J'ai honte.

Une femme s'est assise à quelques mètres de moi. Sa tête effectue un mouvement incessant de droite à gauche, de gauche à droite, un mouvement qui fait trembler dans l'air les cheveux gris qu'elle n'a pas su retenir dans son élastique. Elle marmonne quelque chose. Je sens son odeur, aigre et tenace, un mélange de vieillesse et de fatigue. Que fait-elle ici ? Une vieille femme, ça ne tue pas.

Soudain elle s'affaisse sur sa chaise, et je l'entends gémir. C'est sourd, silencieux, long, très long. Ça me glace.

– Elle vient d'apprendre pour son fils. Il a pris trente ans.

C'est l'homme-océan qui vient de parler. Je le regarde sans comprendre, puis quelque chose de clair, de froid, envahit mon cerveau. Je mets quelques instants à retrouver mon souffle. Bien sûr. Son fils.

J'ai peur. Je n'ose pas bouger. J'ai mal aux fesses sur cette chaise en bois. La douleur irradie vers la nuque. J'attends le moment où je n'éprouverai plus rien. Cette paix-là viendra, je le sais.

Mon père. Je le voyais peu. Épouvante et émerveillement. Le soir il rentrait tard, je dormais déjà, ou je lisais, blottie dans mon lit, à la lueur d'une veilleuse, le reste de la chambre plongé dans la pénombre. Les livres, l'univers dans lequel je me réfugiais, moi qui ne connaissais rien de la vie, confinée dans la richesse de mes parents. J'entendais la porte d'entrée claquer, puis la voix de ma mère, aiguë, puis celle de papa, lasse – il y a vingt ans de cela elle l'était déjà, lasse –, puis leurs chuchotements, leurs colères étouffées. Leur aversion l'un pour l'autre. À trop vouloir se supporter ils avaient fini par se détester. Je me retournais dans le lit, sur le ventre. Cette sensation de mon ventre sur le matelas rendait les messes basses de mes parents lointaines, presque chimériques. Je reprenais ma lecture.

Il était beau. Seule la lassitude de sa voix... Mais ses manières, son allure faisaient illusion. Comme ma vie est excitante ! devinait-on derrière le sourire de mon père, je gagne beaucoup d'argent, ma réputation de médecin n'est plus à faire, j'ai une femme superbe, deux enfants modèles, un appartement somptueux, une nurse anglaise, une maison de campagne. Parfois le week-end il surgissait dans ma chambre. J'étais en train de jouer ou de lire. Tout de suite je le sentais... Je savais qu'il était là. Je le sentais dans mon dos, qui attendait, qui m'observait. Mon jeu me paraissait subitement idiot. Je me retournais, cherchant des mots à lui dire, des mots intelligents qui auraient prouvé ma vivacité, ma finesse, et, ne les trouvant pas, je lui souriais, et le sourire durait, durait, je n'osais pas l'interrompre. Il me regardait, je finissais par retourner à mon jeu, à mon livre, jusqu'à ce que, enfin, émergeant de sa torpeur, il s'approche et me propose de l'accompagner chez le boulanger pour acheter une brioche.

Jamais il ne me touchait.

Quelle heure est-il ? Quelques jours après la mort de Théo ma montre s'est arrêtée. Je n'ai pas cherché à la faire réparer. Durant des années le temps paraît linéaire, malgré les écueils, les soubresauts, les détours. Jusqu'au jour où une chute plus profonde fait voler en éclats les moindres repères. Y compris celui, fantasmé, du temps.

– Il est quatorze heures quinze, Madame.

J'ai dû parler à voix haute. L'homme fait glisser son regard sur moi.

– Ça va faire bientôt trente minutes, il ajoute, en époussetant le revers de sa veste.

Ça va faire bientôt deux ans, je pense. Deux ans que j'ai perdu sa chaleur, deux ans que je suis coupable, ou jugée telle, deux ans que je ne sais plus si je le suis, deux ans que je répète mon nom pour ne pas l'oublier, pour ne pas perdre totalement pied.

L'année dernière j'ai retrouvé Pierre. Je n'ai jamais compris pourquoi il avait eu envie de me revoir. D'abord j'ai pensé : la curiosité. Son ancienne femme derrière les barreaux, accusée d'infanticide, quel spectacle ! Mais il est revenu chaque semaine, et j'ai compris que je m'étais trompée. Ce n'était pas la curiosité. C'était autre chose. Quoi ? Je n'en sais rien. Je ne lui ai pas demandé. J'avais peur qu'il me réponde que c'était la pitié.

À côté de moi le gémissement reprend. La vieille femme se courbe en deux sur la chaise. Elle va perdre l'équilibre. Sur son visage aucune trace de larmes. Elle non plus n'y parvient plus.

Pierre m'a dit : attends le verdict. Tant que les jurés ne se sont pas prononcés... Attendre quoi ? Je ne crois pas attendre grand-chose. Des gens que je ne connais pas vont décider pour moi, juger si je suis coupable ou innocente. Et après ? Qu'est-ce que ça changera ?

Infanticide, acte de barbarie. Les détenus rendent eux-mêmes justice, ils rouent de coups celui ou celle qui s'est livré à un tel acte, ils lui crachent au visage, ils l'injurient. On me l'a raconté. Si je suis jugée coupable, je ne pourrai pas me défendre. Je n'essaierai pas de leur tenir tête. Je dirai : oui, vous avez raison, et les coups pleuvront. Ils me rendront peut-être mes larmes.

J'ai été belle. Très belle. Des hommes m'ont aimée, m'ont suppliée, m'ont fait jouir, m'ont pleurée. Je ne pense pas en avoir aimé un seul. Avec certains je me suis sentie légère, j'ai ri, je me suis abandonnée, mais aucun, non, aucun ne m'a jamais bouleversée.

Seule la musique est parvenue à m'emporter loin, très loin, là où peu à peu je m'oubliais. Elle me libérait des chaînes qui m'encombraient et me rendaient lourde de quelque chose dont je ne réussissais pas à me déprendre. Je m'allongeais, je fermais les yeux, les notes emplissaient ma tête. Je n'étais plus une femme. Je redevenais ce que j'ai dû être les premiers jours de ma vie, un petit animal tétant la chair chaude et ronde et sucrée de sa mère. Soudain tout était simple. Je retrouvais ma mère et je rêvais que nous nous aimions.

À force de rester assise sans bouger je vais perdre mes dernières forces. Déjà je ne sens plus mes pieds. Je pense à ces témoignages de rescapés des camps de la mort. Tous parlaient de l'instinct de survie, ce souffle animal qui les a sauvés. D'où leur venait un si grand désir de vivre ? Où puisaient-ils cette énergie ? La vie à tout prix, ne pas abandonner... Pour quoi ? Mon existence aurait-elle moins de valeur que la leur, pour que je ne ressente pas ce besoin impérieux ? Pourquoi accepter d'être ici ? Pourquoi ne pas mettre un point final à cette lutte ?

Oui... Je sais bien que c'est la peur.

J'ai reçu hier la lettre d'une petite fille. Elle s'appelle Léa, comme moi. Elle m'écrit : « Vous êtes un monstre, on n'a pas le droit de tuer son enfant. » C'est quoi, un monstre ?

Hier soir, Pierre qui me dit, après un long silence, sans oser me regarder : « Marie (Pierre n'arrive pas à m'appeler Léa), Marie, tu devrais pleurer, craquer, je ne sais pas, moi, faire une crise de nerfs, tomber. Ils verraient combien tu souffres. Là tu ne leur montres rien, tu restes impassible, tes yeux n'expriment rien, même moi je ne te reconnais pas. »

Je l'ai dévisagé sans comprendre. La douleur, il faudrait la mettre en scène ? Il n'y aurait qu'une seule manière de souffrir ? Observe ton voisin lorsqu'il souffre, regarde comme il pleure, comme il soupire, et fais comme lui ! Montre-nous ta douleur !

Même toi, Pierre, le seul être qui me reste, tu m'abandonnes ; même toi, Pierre. Tu ne veux pas me regarder, tu me fuis, sous prétexte que je ne souffre pas comme il le faudrait ? Pierre, Pierre, j'ai peur. La solitude me ravage et je suis toujours en vie. Non pas vivante, non, vivante est plein de promesses, Léa n'est pas vivante, elle est en vie, et elle est seule, elle a perdu son enfant. Elle a l'impression d'avoir été arrachée de quelque part mais elle ne sait pas d'où.

J'ai oublié le son de la voix de Théo. Cela s'est fait très vite, quatre, cinq mois peut-être après sa mort. Un matin j'ai voulu réentendre son rire, ma tête est restée silencieuse. De toute la journée je n'ai pu prononcer le moindre son. Ce jour-là j'ai su ce qu'était le dégoût de soi. Chaque jour j'essaie de me souvenir de son visage, les bouclettes que formaient ses cheveux, les fossettes, la gravité du regard, les dents écartées, la peau, si lisse, si claire. J'ai besoin d'une grande concentration pour le retrouver intact. J'ai peur de perdre ces images, par éclairs si nettes, si lumineuses.

Ils m'ont demandé de parler de lui. Je ne peux pas. Je ne peux pas. Il est trop à l'intérieur de moi, une boule de vie en moi. Si je l'exposais à d'autres, il ne m'appartiendrait plus. Une seule fois j'ai réussi à leur dire quelque chose, ce n'était pas directement lié à lui mais ça a eu l'air de leur convenir. Je leur ai expliqué que ce n'est pas au moment de la mort que c'est difficile. C'est quelques mois après, lorsque la chaleur s'est dissipée, lorsque plus personne n'évoque le petit corps chaud, lorsque l'oubli commence : on tue pour la deuxième fois. C'est lorsque j'ai commencé à me réveiller certains matins sans penser à lui, presque légère, et que je me souvenais quelques minutes après qu'il n'était plus là, que j'ai su que je ne m'en sortirais pas.

Non, vraiment, jamais je n'aurais imaginé qu'un jour je serais ici, assise sur cette chaise en bois, bancale, à attendre un jugement pour un meurtre, celui de mon enfant. La vie est un précipice.

Et ma mère, dans les rares souvenirs que je conserve d'elle, toujours impeccable dans ses tenues grises ou noires, son éternel collier de perles autour du cou, faisant un soir irruption dans la salle de bains alors que je terminais ma toilette – je devais avoir neuf ou dix ans – détaillant d'un air sévère mon anatomie, face à moi, tremblante soudain, qui cherche en vain dans le regard de ma mère une once de tendresse ou du moins de pudeur, et qui n'y trouve que de la désapprobation, désapprobation pour ce corps sorti de ses cuisses et dont depuis cinq ans sans doute elle n'avait plus surpris la nudité, et dans le miroir de ces yeux sans éclat je concluais que je devais être bien décevante, décidément, pour inspirer autant de consternation. Bien décevante et certainement coupable. Coupable de quoi je l'ignorais mais coupable. Tous les enfants remplissent de joie leur mère, leur maman, alors moi, que faisais-je dans cette salle de bains à infliger autant de tristesse à cette mère si belle, si digne ?

– Ils ne devraient plus tarder maintenant. Ça va faire bientôt une heure.

La voix traînante me tire de ma torpeur. Je relève la tête. L'homme se gratte le genou gauche d'un geste lent, appliqué. A-t-il parlé pour lui ou pour moi ? Quelle est sa fonction ? Attendre des verdicts aux côtés de prévenus ? Journées interminables, sauf que pour lui, au bout, il n'y a rien, alors que pour les autres, ce qui résulte s'éprouve dans les moindres recoins du corps : enfermement ou liberté.

Là, tout de suite, maintenant, j'aimerais que mon vieux père surgisse au bout du couloir et me prenne dans ses bras, et me murmure des mots qu'il ne m'a jamais dits, des mots doux, des mots d'amour. Je serais son enfant, il me protégerait, rien ne pourrait m'arriver, l'éventualité de la prison ne serait qu'une gigantesque farce.

Ce matin Pierre n'était pas là. Je me suis pourtant retournée plusieurs fois, j'ai regardé attentivement les quelques personnes présentes, je me suis même contorsionnée pour scruter le fond de la salle, au cas où il se serait tenu debout là-bas, en retrait, l'air de dire : je suis là sans être tout à fait là, et je le lui aurais pardonné, j'aurais compris. Pauvre Pierre, tout ça le dépasse tellement !

Le président du tribunal m'a intimé l'ordre de ne pas bouger. Soyez au moins présente à votre procès, il a prononcé d'un ton sec. Mon gardien chauve m'a dévisagée d'un air triste et réprobateur, comme les parents regardent leur enfant lorsque celui-ci fait une bêtise devant tout le monde, l'air de reproche des bons parents, ceux qui connaissent la limite entre ce qui se fait et ce qui ne se fait pas. Je me suis recroquevillée sur le banc. Au cours de la nuit ou au petit matin, Pierre avait renoncé. Pour la première fois depuis longtemps j'ai eu envie de pleurer. Et après quelques minutes, sans que je sache pourquoi, je me suis sentie soulagée : maintenant, je suis vraiment seule. Je dérive dans un univers que plus personne ne peut atteindre. Je me suis délivrée des autres.

Mon père, surpris une nuit dans la cuisine. J'avais mal à la tête. J'étais venue chercher de l'aspirine. Et je l'avais vu. Dos voûté, mains agrippées à l'évier, emmitouflé dans une vieille robe de chambre, immobile. J'avais voulu quitter la cuisine en silence mais il s'était retourné. Nous nous étions retrouvés face à face, deux bêtes traquées aussi effrayées l'une que l'autre. Je m'étais alors rendu compte qu'il pleurait. J'étais restée pétrifiée. Mon père pleurait ! Cet homme si fier pleurait !

Il avait d'abord détourné le visage, croyant que je m'en irais, mais moi je n'avais pas pu partir. J'étais restée là, plantée, abasourdie. Alors il avait eu ces paroles, les seules paroles intimes que je l'aie jamais entendu prononcer : « La vie est une vaste comédie, Marie. Tôt ou tard, on finit par l'apprendre. Et ce jour-là, vois-tu, on a envie de lever le camp. »

J'avais stupidement hoché la tête. J'étais devenue une marionnette. Je n'arrivais pas à détacher mon regard des yeux rougis. Pour la première fois de ma vie j'avais eu envie de poser la main sur l'épaule de cet homme que je connaissais si peu.

Au lieu de cela j'avais prononcé, dans un souffle : « J'étais juste venue prendre une aspirine. »

Il n'avait rien répondu. M'avait regardée, un long moment, sans bouger. Alors j'avais répété, avec effroi : « Juste une aspirine. Je m'en vais. Bonne nuit. »

Et je m'étais retirée. Pieds-nus, à reculons, sur le carrelage glacé.

J'ai trente-six ans. S'ils décident que je suis coupable, je devrai rester au moins vingt ans derrière les barreaux. J'en sortirai à cinquante-six ans. Une femme vieille. Certains diraient mûre, mais moi je le sais, je serai vieille. Plus de règles, la peau fripée, ridée, les mains qui, peut-être, commenceront à trembler, les muqueuses asséchées. Les vieux, comme les bébés, se déshydratent facilement. Ils ne ressentent pas la soif. J'aime avoir soif. J'ai soif, ça veut dire, j'ai besoin d'eau, donc je suis vivante, je suis encore vivante. Il faut que je boive. N'importe quoi, là, tout de suite, que du liquide envahisse ma bouche, coule dans ma gorge, le long de l'œsophage. Donnez-moi à boire. J'ai soif.

– Je ne peux rien vous donner, Madame. Je suis désolé, les consignes...

Pour la première fois, il me regarde. Moi, Léa. Un homme me regarde. Un homme chauve, un homme taciturne, peut-être. Il me regarde. J'existe pour lui. Je suis une femme qui a soif. Il ne peut pas me donner à boire. Il en est désolé. Il dit qu'il en est désolé.

– Ce n'est pas grave. J'attendrai.

Il hoche la tête en silence. Cet homme un instant oublie le procès, les accusations. Une mère qui a tué son enfant. Je me redresse légèrement.

Lise, hier matin, dans sa cellule, adossée au mur. « Je sais que je suis encore vivante, Léa. Tu comprends, vivante. J'ai du désir pour un homme, il vient me voir parfois, lorsqu'il a du temps. Il est marié, deux enfants. Il est tombé amoureux de moi deux mois avant mon arrivée ici. Lorsqu'il est là nous ne parlons pas. Nous nous regardons, nous nous touchons. Sa main est chaude, Léa, si tu savais comme sa main est chaude. Elle me donne de la force pour tenir, pour savoir que je suis en vie. Parfois il ne vient pas de tout un mois. Je deviens comme un chien, je gémis, j'ai soif de lui, tu comprends, soif de cet homme. Et puis tout à coup il est là, on me prévient, j'entre au parloir, je le vois, nous nous regardons... J'oublie que je suis un chien. J'ai envie de pleurer. »

Lise a tué son mari. Ils ne se supportaient plus. Ils avaient dépassé la frontière du langage. Il n'y avait plus de mots possibles, seulement les coups, la violence. Un soir, elle a pris un couteau. Il est tombé en silence, il semblait étonné, elle m'a dit, étonné de voir sa femme le tuer. Il est mort sans un mot, l'étonnement sur le visage. J'ai compris ce qu'elle voulait dire. Quand on tombe dans l'au-delà des mots, on devient fou. Elle est ici depuis trois ans. Elle en a encore pour dix-sept ans. Lorsqu'elle sortira, elle aura cinquante-sept ans.

– Il paraît que vous n'avez pas pu parler ?

Il m'a posé une question. Sa voix est douce. Je ne m'en étais pas rendu compte. On n'imagine pas combien la voix d'un gardien peut être douce. Il a parlé très bas, il me regarde.

– Je n'ai pas pu parler ?

– Au procès ? Lorsque le juge vous a accordé la parole ? Excusez-moi... Je vous dis ça, ce ne sont pas mes affaires après tout. L'attente est si longue...

Son visage est moins proche maintenant : il s'est reculé. Je ne sens plus son souffle sur mon visage. La terreur, à nouveau... Je veux que l'homme revienne, qu'il se penche vers moi, qu'il me parle.

– Qu'est-ce que j'aurais pu raconter ?

Une telle fatigue... Comment peut-on être aussi fatiguée ? Fatiguée dans tout le corps, dans toute la tête, fatiguée à croire qu'on est sans cesse en train de tomber, mais non, faut croire qu'on tombe pas, autrement on sentirait des bras nous relever, n'est-ce pas, on tombe pas, on reste là, debout, assis, avec tout ce blanc dans la tête, ces yeux qui brûlent. Si j'arrive à parler à cet homme, à faire venir un mot de moi jusqu'à lui, la peur ne m'aura pas entièrement. L'homme me regarde. Il est tranquille. Il attend. Ça n'a pas l'air de l'étonner de devoir attendre. Je voudrais tant lui dire quelque chose de clair.

– Même lorsque je vous parle, c'est comme si ce n'était pas moi, comme si c'était une voix étrangère, une intruse... Je ne sais plus où je suis... à l'intérieur, je veux dire. Si quelque chose de moi est encore là, ou s'il n'y a plus rien...

J'interromps mon effort. Je jette un coup d'œil à l'homme. Il ne dit rien.

– Vous voyez, vous non plus vous ne comprenez pas. Alors comment eux m'auraient-ils écoutée ?

L'homme secoue la tête. Son visage s'anime. Il paraît en colère. Quel âge peut-il avoir ? Quarante-huit, cinquante ?

– Il faut parler pourtant. J'ai observé que le jugement est toujours plus favorable à l'accusé s'il parle. Et puis, ce n'est pas que je ne comprends pas. Je dirais même que... oui, je crois que je comprends un petit peu.

Il se tait à présent. Doit penser qu'il en a trop dit. Doit s'en vouloir. Il détourne le regard, fixe quelque chose par terre. On dirait qu'il réfléchit. Pourquoi me parle-t-il ?

– On a tous des moments où on est égaré, j'entends soudain.

Égaré ? Pourquoi a-t-il choisi ce mot ? Oui, je suis égarée, et cet homme que je ne connais pas, qui ne me connaît pas, avec lequel je partage quelques heures de ma vie et que, sans doute, je ne reverrai plus, comprend cela.

– Mais, tout de même, vous auriez pu raconter quelque chose, quelque chose de vous, je ne sais pas, moi, de votre enfance, par exemple.

– Pourquoi vous me dites tout ça ?

Il ne répond pas. Il se gratte l'oreille. Son geste est lent, régulier, je le regarde se gratter l'oreille et cela m'apaise.

– Je suis l'accusée, vous êtes le gardien, les autres gardiens ne m'ont jamais parlé. Vous devriez être en train de penser à autre chose, à votre famille, si vous en avez une, à vos... Vous avez une famille ?

– J'ai deux garçons. Un de dix-sept ans et un autre de treize.

– Ah !

J'enfonce un ongle dans mon poignet. Ne pas crier, ne pas crier. Si je crie, l'homme cessera de me parler, s'il cesse de me parler, je me retrouve seule. Je ne veux pas être comme la vieille, là-bas, seule avec sa douleur et sa peur, je veux que quelqu'un parle avec moi.

– Ils sont costauds.

– Comment ?

– Mes garçons : deux grands gaillards, bien bâtis.

L'homme porte une main à son visage.

– Excusez-moi, je suis vraiment idiot.

– Laissez...

J'ai appuyé mon dos sur le dossier de la chaise, relevé mon visage. Fixer un point, n'importe lequel. Peu à peu ma respiration redevient régulière. Théo. Dans combien de temps aurait-il eu treize ans ? Quel aurait été son visage ? Treize ans, le début de l'âge ingrat pour les garçons. Où ai-je entendu que les yeux ne grandissent plus dès la plus jeune enfance ? Théo avait de grands yeux noirs. Peut-être n'auraient-ils pas paru aussi grands au fil des années ? Peut-être tous les jeunes enfants ont-ils l'air d'avoir de grands yeux ? Tout de même, les yeux de Théo...

L'homme me fixe d'une drôle de manière. Comme s'il regardait au-delà de moi.

Je bredouille :

– Vous êtes la première personne à qui je parle depuis le début des audiences.

J'aimerais lui dire à quel point le silence peut

faire mal. Je n'ose pas. Il détourne la tête. Il a l'air troublé.

Ma lèvre supérieure saigne. C'est d'être restée sèche aussi longtemps. Je l'humecte plusieurs fois, doucement.

Petite, j'avais renversé un jus d'oranges sur le rideau blanc de ma chambre. Quelques secondes avant, debout devant la fenêtre, je m'amusais à souffler sur la vitre pour y voir la buée se former. Je me souviens de mon insouciance : je chantonnais. Je m'émerveillais des dessins créés au hasard de la buée.

Le verre m'avait glissé des mains. Souillure immédiate sur le tissu blanc. J'étais restée immobile. J'éprouvais un sentiment indéfinissable, quelque chose de l'ordre de l'écœurement : cet incident était le signe que cet état d'insouciance, de légèreté, moi, Marie, je n'y aurais pas droit. J'étais en dehors de quelque chose. De quoi je ne le savais pas.

J'avais attendu que ma mère entre dans la chambre et me réprimande, comme aujourd'hui j'attends que le jugement soit rendu. J'avais probablement aussi froid qu'aujourd'hui. Je devais claquer des dents. Ressentir le même désespoir brut, la même envie d'en finir avec tout ça. Aujourd'hui, il s'agit de ma vie.

Je crois que c'est la peur qui maintient debout. Je ne suis pas certaine d'avoir raison. Il y a peut-être autre chose. Pas d'espoir, non. Depuis que Théo est mort il ne peut plus y avoir d'espoir. Mais quelque chose comme un éclat de vie, qui s'obstine.

Il dit que j'aurais dû parler. Mais qu'est-ce que j'aurais bien pu leur raconter ? La rage que j'avais ressentie, à vingt ans, lorsque tout m'était apparu aussi simple et sordide qu'un conte de fées ? Il fallait fuir l'irrespirable atmosphère familiale. Prendre son envol. Si j'avais pu trouver le courage de les gifler, les deux ensemble... Ils se seraient tenus devant moi, je les aurais regardés puis giflés en silence. Ensuite seulement, j'aurais pu partir rattraper les années volées de ma jeunesse.

Oui, il aurait mieux valu que je les gifle puis que je m'en aille. J'ai choisi le mariage. Je me suis trompée. Parce que le fiasco de mon mariage, le mensonge de ma journée de noces... J'aurais dû leur raconter ça, aussi ? Comment j'avais su faire bonne figure, dissimuler à merveille ? Que le vin coule à flots, je sors de prison, vingt années à observer l'hypocrisie, la haine à l'intérieur, l'amour affiché à l'extérieur. Une mère élégante, sans tendresse pour sa fille, qui depuis dix ans cache son mal-être dans la boisson, elle boit, elle boit, les bouteilles vides s'accumulent dans un placard de la cuisine. Un père las, qui a démissionné de lui-même, abandonnant le combat. Moi, la fille de ce couple déchu, aujourd'hui je suis libre, j'ai les cartes en main, aujourd'hui je commence à vivre.

Certaines choses, on ne peut pas les raconter. Ce serait trop misérable.

Combien sont-ils, les jurés ? Qui les choisit ? Autant d'hommes que de femmes ? J'ai dû apprendre tout ça, un jour, à l'école. Instruction civique ou je ne sais quoi. On apprend tant de choses à l'école. Sur le moment ça vous donne la sensation d'avoir la tête qui éclate, puis, tout à coup, ça glisse au fond de vous. Ça se perd. La tête n'éclate plus, elle devient creuse. Pourtant, Théo, moi aussi je l'ai envoyé à l'école. Je n'aimais pas qu'il arrive en retard. Je lui faisais chanter les chansons que la maîtresse lui apprenait et j'étais fière lorsqu'il les connaissait bien... Pourquoi ai-je voulu pour lui toutes ces choses qu'il aurait fini par oublier ? Que choisit-on vraiment ?

– Quel âge avez-vous ?

Je sais que je ne devrais pas lui demander cela. Je m'en fiche. Il doit avoir l'habitude des dérapages. Un gardien, ça ne veille pas seulement sur les gens. Ça veille aussi sur leurs égarements, sur la peur qui leur fait prononcer des phrases idiotes, des phrases sans issue. Il doit bien connaître la peur, celui-là.

Ça se voit. Il m'observe sans ciller. J'aime ce regard. Il ne laisse entrevoir aucune pitié. Juste lui en train de me regarder. Les enfants sont beaux parce qu'on les regarde sans cesse. On s'en émerveille. Les vieux, on ne les regarde plus. On les laisse seuls avec leur corps qui se ratatine, leurs idées qui se rétrécissent. On les laisse s'en aller. J'aime qu'on me regarde. J'aurais aimé qu'on me regarde plus. Qu'on regarde celle que je suis. Pas l'enveloppe. L'enveloppe est trompeuse. Les enveloppes sont toujours trop lisses, trop blanches. Terrible méprise. J'ai peur de la méprise. Le plus dangereux, ce n'est pas tant que les autres se trompent sur vous. C'est de se tromper soi-même. Je crois que je me suis trompée à une époque. Au début de mon mariage : Pierre était riche, j'aimais cette richesse. Je pensais qu'elle me convenait. J'ai plongé dans le luxe. Faste, somptuosités, tout y est passé. J'achetais, je m'enorgueillissais, je jetais. Rien n'était essentiel. La vie se révélait follement amusante. Il suffisait de se laisser étourdir. Mon corps lui-même semblait s'accoutumer à cette existence : il était beau, harmonieux. Vous êtes exquise, me répétait-on sans cesse. Exquise. Les hommes surtout aimaient prononcer le mot. Croyaient sans doute être les seuls à le connaître. Les hommes sont si naïfs. Ce sont les femmes les perverses. Les hommes sont bons comme du sucre d'orge.

– J'aurai cinquante ans la semaine prochaine.

On dirait qu'il sourit. Peut-être faudrait-il le féliciter ? Bravo pour les cinquante premières ! Continuez, vous êtes sur la bonne route, c'est tout droit, un peu plus loin au bout du chemin !

Non, je ne me moque pas... J'aurais beau jeu de me moquer.

– Vous avez de la chance.

Ce n'est pas ce que je voulais dire. Les yeux de l'homme se sont légèrement plissés. Ceux de mon père aussi se plissaient, parfois. C'étaient les seuls moments où il me paraissait, non pas proche, non, mon père et moi avons toujours habité deux terres étrangères, non pas proche, mais avec moi. C'est ça : avec moi.

Il hausse les épaules. Je baisse la tête. Pour tenter de faire face au vide que son silence engendre, je croise et décroise mes mains le plus lentement possible. Je recommence. Une fois, deux fois. Le plus lentement possible. Ne pas ressembler à une morte. Je vois mes mains se toucher puis se détacher, deux étrangères au bout de mes bras, et la lenteur avec laquelle elles se rejoignent me donne envie de pleurer. Voilà, ça revient. C'est peut-être la trouille : j'ai à nouveau envie de pleurer.

Il doit croire que je me moque de ce qu'il pense. Qu'à côté de mon désarroi cela ne vaut pas grand-chose. S'il savait comme il se trompe.

Ça doit paraître simple de rendre un jugement : on écoute, on observe, on conclut. Peut-être ressent-on même une certaine griserie à reconstituer la vie des autres. Mais comment peut-on espérer tout prendre en compte ? Ne rien occulter ? Que penseraient-ils, ces jurés, s'ils savaient que souvent j'ai eu envie de me jeter dans le vide pour me fracasser contre quelque chose et éprouver, ne serait-ce qu'un millième de seconde, la certitude que ce choc-là était bien réel ? Dans quelle colonne consigneraient-ils mon témoignage ? La coupable ou la non-coupable ?

Le jour où le père de Théo est parti... Combien d'heures avons-nous passées ensemble ? Quatre ? Cinq ? Je ne me souviens même pas de son nom. J'avais cru que lui resterait. Les autres, non. Les autres, j'ai toujours voulu qu'ils partent. Ne rien conserver d'eux. Je voulais oublier ces hommes qui passaient, dont je préférais les étreintes sans joie à ma solitude. Pourtant, lui, c'était différent. Une intuition, peut-être... Mais il était parti, comme les autres. J'étais restée seule dans ma chambre. L'hôtel était silencieux. On l'aurait cru déserté. J'avais dressé les bras au-dessus de moi. Je ne les distinguais pas. C'était fascinant : je me dissolvais dans le noir. Une morte. Je pensais : comme ce serait bon de mourir en aveugle. Pas de honte à se laisser partir.

J'avais voulu penser à mes parents. Essayer de me les rappeler lorsque j'étais enfant. Saisir quelque chose de doux : un baiser, une caresse, un regard, n'importe quoi. Si, à cet instant, j'avais retrouvé ne serait-ce qu'un seul souvenir heureux du couple qu'ils formaient, j'aurais pu me relever et tenir debout. J'en suis certaine. Mais rien n'était revenu. Aucune image. J'étais restée là, par terre, dans cette chambre marron, avec ce vide dans ma tête. Et j'avais pleuré. Même le jour où Théo est mort... même ce jour-là, je ne me suis pas sentie aussi seule.

– Je vais vous faire apporter un verre d'eau. Le règlement ne... enfin, normalement c'est interdit, mais il n'y a pas d'air dans cette pièce. Nous attendons depuis bientôt une heure et demie. Je vais le leur demander.

Il a parlé sans me regarder. Il se dirige vers la porte. Une fraction de seconde je pense : il va ouvrir la porte ! Il va l'ouvrir, je vais entendre les bruits du couloir, des voix, des piétinements, des raclements de gorge...

Il appuie sur un bouton rouge situé à quelques centimètres de l'embrasure de la porte. Il reste immobile. Un léger grésillement, puis je l'entends prononcer sur un ton sec, neutre :

– Tu peux m'apporter un verre d'eau, s'il te plaît ?

Puis, juste après, d'une voix plus basse, presque feutrée :

– Il fait une chaleur de bête ici. J'ai soif.

Il se retourne vers moi, il me regarde. Il a l'air penaud : un môme pris en faute. Pour un peu, je sourirais. Il plisse à nouveau les yeux :

– Si j'avais dit que c'était pour vous... Vous comprenez, les règlements, c'est parfois idiot. Faut pas les suivre à la lettre.

Il me lance un coup d'œil furtif. Je suis certaine d'avoir vu sa bouche esquisser un sourire. Un frisson parcourt mon dos. Pour dissimuler mon trouble, je baisse les yeux. Mon cœur bat la chamade. C'est idiot. Une vraie gamine... Lorsque ma respiration redevient régulière, je lève les yeux : debout devant moi, il me regarde. Je ne l'avais pas entendu se rapprocher. Quelque chose m'intrigue dans ce regard devenu soudain pénétrant. Une minute nous demeurons ainsi, face à face dans le silence, jusqu'à ce que je murmure, du bout des lèvres :

– Merci, Monsieur.

Le son s'est étranglé dans ma gorge. Merci, Monsieur. J'ai cinq ans tout à coup.

J'ai cinq ans tout à coup. Je viens de quitter Pierre. Il doit être aux alentours de minuit. Je suis seule dans la rue, avec mes deux valises grises. Face à moi un homme avance. Je fixe la silhouette longiligne : l'homme marche en apesanteur. Ses pieds ne touchent pas terre. Son corps tangue et flotte. Comme tout est étrange. Il y a deux heures encore, j'étais chez moi, en peignoir. Et maintenant... Je sursaute : l'homme est tout proche. Son regard insistant me plonge dans l'épouvante. Je détourne la tête. Je dois me retenir pour ne pas éclater en sanglots comme une petite fille. Oui, une petite fille, c'est ce que je suis, petite, étonnamment petite, réduite, un petit tas sur un trottoir sale. J'ai honte. Être chassée de chez moi, jetée en pâture aux regards de tous. Je voudrais m'enfuir. Pas seulement de ce lieu : m'enfuir aussi de ce temps qui me broie, qui m'écrase. Je songe à mes parents. Eux si attachés aux apparences, que diraient-ils s'ils voyaient leur fille ainsi, gémissante, errante ? Ma pauvre, ils ne te prendraient même pas dans leurs bras. Ils passeraient leur chemin. Ils auraient honte eux aussi. Une autre honte que la tienne. Une honte qui les ferait détourner les yeux pour ne pas te reconnaître. Une honte dont ils finiraient par se délivrer en t'oubliant.

– De rien. C'est normal, Madame. On n'est pas des bêtes, non ?

Je hoche lentement la tête. Il s'éloigne en se raclant la gorge. J'ai tout de même de la chance. Être enfermée deux heures dans ce cagibi sans lumière... Avec un autre homme, cela aurait peut-être été insupportable. Avec lui... avec lui, c'est presque une des meilleures choses qui me soient arrivées depuis longtemps.

Je ne sais pas s'il fait beau ou mauvais. J'aimerais tout à coup le savoir. Connaître la couleur du ciel d'aujourd'hui. Un ciel bleu, limpide ? Ou morne ? Nous sommes en mars. J'ai oublié le dicton du mois de mars. Celui d'avril, je m'en souviens. *Avril, ne te découvre pas d'un fil.* Avril, je m'en souviens, mais mars ? Les giboulées de mars. Il fait souvent froid en mars, pourtant, pour moi, mars a toujours été le mois du renouveau. Le printemps. En mars, j'ai toujours envie de glaces. Théo aussi. Je lui en achetais. Il aimait ça. Ses yeux brillaient dès qu'il voyait le cornet. Il ne s'en lassait pas. Nous pouvions en manger tous les jours, il ne s'en lassait pas. Son parfum préféré, c'était fraise. Le mien, noisette. Ça a toujours été noisette.

Tu me manques, Théo. Tu me manques. Fermer les yeux pour croire qu'il est encore là, dans mes bras. Si seulement, une fraction de seconde, je pouvais y croire. Juste un instant. Croire à sa présence... Il dort, n'est-ce pas ? Toute la journée il dort. Je sens le petit corps frémir, les lèvres minuscules effleurer ma peau à la recherche de... quoi ? Je ne le sais pas. Une odeur perdue, peut-être... Il gigote, pousse de petits cris, dans un grognement s'écarte, puis revient se blottir contre ma poitrine, ronronnant de plaisir. Je lui donne mon lait. Il tète goulûment, avec une ardeur qui m'émerveille. J'écoute les bruits de succion, les claquements de langue contre le palais. L'autre jour, il n'a pas tout de suite trouvé le bout de sein. Il s'est énervé. Son corps était agité de mille soubresauts, sa tête remuait à vive allure. Je sentais la rage qui l'animait. Je me suis dit : il faut l'aider. Il doit manger. Il doit grandir. Prendre des forces. Je lui ai présenté le bout de sein. Il s'en est emparé avec fébrilité. À peine le lait coulait-il dans sa gorge que les mains ont tracé dans l'air des arabesques victorieuses. Les minutes passent... Les yeux commencent à clignoter. Une main se pose sur le sein, s'y abandonne. Les yeux lentement se ferment. Le bébé continue à boire, plus lentement. La petite tête s'alourdit sous ma main. Les lèvres laissent échapper le mamelon. Le bébé sombre dans le sommeil. Sourires aux anges sur son visage endormi... Parfois, aussi, de curieuses grimaces...

Je ne me lasse pas de le contempler. Je n'ose pas le toucher de peur qu'il se réveille. Alors, moi aussi je trace de mystérieuses arabesques au-dessus des paupières closes. Des caresses de caresses. Je m'endors.

À moins que ce ne soit la nuit. La nuit, il se réveille souvent : il a faim. Cris sourds et espacés au début, puis de plus en plus perçants. Je me lève, engourdie de sommeil, je me dirige à tâtons vers le berceau. Ces pleurs, jusque dans ma chair... On n'imagine pas jusqu'où peuvent aller les pleurs d'un bébé dans le corps d'une mère. Parce que je suppose... Les autres mères aussi, n'est-ce pas ? Je me dépêche, je dégrafe ma chemise de nuit, je m'assieds sur une chaise. La petite bouche se précipite sur le mamelon. La respiration s'apaise. Je me réinstalle plus confortablement. J'aime ces instants arrachés au noir. La nuit ne me terrifie plus. J'entends les bruits de succion dans le silence, je sens la chaleur du petit être abandonné contre moi. Je goûte à la joie d'être là pour un autre. Je suis en paix.

Comme les journées sont lentes, douces... Elles s'écoulent au rythme de Théo. Plus de vide à combler, d'instants à relier. La boisson n'est plus nécessaire : Théo est là, la vie est là. J'y plonge malgré moi. Couches, pleurs, fièvre, biberons, tétines. Mes gestes répondent à ses besoins.

Je pars en promenade avec lui. Nous gagnons un des parcs de la ville. Je l'installe dans la poussette et tous les deux nous parcourons lentement les allées. Cris des autres enfants, roucoulements des pigeons, avertissements des mères... Nous revenons. Il s'est endormi dans la poussette. Abandonné au sommeil, le petit visage paraît serein. Je ralentis le pas, j'interromps ma marche. Je voudrais prolonger cet état paisible d'union sans paroles.

Il a marché à dix mois. On dit que souvent les garçons marchent plus tôt que les filles. Je ne sais pas... En tout cas, lui, à dix mois. J'étais fière... Lorsque je lui donnais la main, c'est lui qui m'entraînait. Il court, il court, il rit aux éclats, il rouspète parce que ses petites jambes ne le portent pas assez vite. Parfois il tombe, se relève aussitôt, l'expression de son visage soudain grave, implorante : allez Maman, viens.

Moi aussi j'ai longtemps marché, pour souvent tomber. J'aurais tout donné pour m'arrêter un instant. Étirer ce temps, ce bonheur fou.

J'ouvre les yeux. Il n'est pas revenu. Dans les images, oui. Dans les images il est revenu. Mais pas en moi.

– Vous l'avez aimé, votre petit garçon...

Je sursaute, me redresse sur la chaise. Le regard de l'homme est voilé. Est-il possible que ? Mon Dieu, c'est eux qui ont raison, je suis folle... Je me cache le visage dans les mains. J'entends la voix de l'homme, douce – un murmure :

– Il faut pleurer, Madame. Pleurez... Ça vous fera du bien.

Je demeure recroquevillée. J'ai envie de lui répondre : si seulement je pouvais. Les larmes sont là, au fond de ma gorge. Je les sens, tout près... Mais quelque chose les bloque. Quelque chose les bloque.

Si je restais parfaitement immobile ? Ne plus bouger, pas le moindre frémissement ? Tout prendrait fin. Il n'y aurait plus à souffrir, à lutter... Non, Léa, non. Tu sais bien que c'est impossible. Ce serait trop facile, trop lâche. Combien de fois ai-je éprouvé cette tentation ? La première fois... juste après avoir quitté Pierre, dans le taxi qui me conduisait à un hôtel. Je regardais défiler les rues, les lumières, les rares passants. Tout paraissait irréel, engourdi. Il me semblait que le trajet ne prendrait jamais fin : je demeurerais dans l'espace clos et réconfortant du véhicule, à l'abri derrière les vitres fumées, à observer la vie sans moi. Il n'y aurait aucun effort à faire, aucune décision à prendre. Il suffirait de se laisser envahir par ce temps extérieur dont je ne faisais pas partie, et ne rien attendre, rien. Peu à peu mon enveloppe charnelle s'effilocherait. Je disparaîtrais sans cri, sans douleur. Personne n'aurait rien remarqué. Oui, il me semble que c'est ce que je souhaitais.

Le taxi m'a déposée devant l'hôtel, et la suite... la suite, je la connais. Pour en arriver là, dix ans plus tard.

Je le regarde, cet homme. Je n'ai pas à bouger la tête. Il est devant moi, à quelques mètres du mur. Il est si loin. Toujours eu cette sensation d'être loin des autres, de ne pas pouvoir les toucher. S'en approcher, oui. S'en approcher. Les frôler. Mais les toucher, non. Je n'ai jamais touché personne. Sauf mon Théo. Lui, je l'ai étreint jusqu'à la mort.

Il ne me regarde plus. Effrayante solitude. Lui dire que je suis terrifiée. Que j'entends des voix. Avant, je savais que ces voix venaient de quelque part au fond de moi. Un *no man's land* qui m'appartenait. Aujourd'hui, les voix m'agressent de toutes parts. Je ne sais plus où je suis.

– Ah, le voilà enfin.

Le sang qui monte au cerveau, d'un coup. Je ne peux plus respirer. La porte qui s'ouvre. Léger grincement. C'est un cauchemar, Léa. Tu vas te réveiller, tout se sera dissipé, il n'y aura plus de peur, il n'y aura plus d'attente.

Je me lève, d'un bond. Le gardien se retourne. Je lis l'étonnement sur son visage. Puis son bras qui se dresse vers moi, protecteur, me faisant signe de m'asseoir :

– C'est pour le verre d'eau, Madame. C'est juste pour le verre d'eau.

Un violent frisson me parcourt. J'essaie de retrouver mon souffle. Je me rassieds. Je n'ose plus le regarder. Une telle trouille... Maintenant, il est tout près de moi. Je sens sa respiration au-dessus de mes cheveux. Je ne peux pas relever la tête : j'ai peur de ma réaction. J'ai peur de moi.

– Buvez.

Sa voix est ferme. Presque un ordre. J'hésite, je relève la tête, à peine, juste ce qu'il faut pour entrevoir le verre et le saisir. Je le tiens des deux mains, comme une enfant. J'ai peur de le faire tomber.

Il ne tombe pas. Je sens l'eau couler dans ma gorge. Je bois, lentement. C'est bon.

Mon frère Théo. Comme nous aimions boire ensemble. Les deux dans le même verre. D'abord moi. Toujours moi la première. Il était plein d'attentions. Je le lui disais. Je prenais une voix aiguë, une voix de femme, et je roucoulais : il est galant, cet homme-là ! Il riait. Son visage s'éclairait. Il était beau, mon frère. S'il avait été là, comme tout aurait été différent. C'est le jour de sa mort que la solitude a commencé. Nous étions frère et sœur, rien n'aurait dû nous séparer. Ensemble, nous aurions formé un rempart contre le déchirement de nos parents. Nous aurions créé notre propre bonheur. Combien de moments y aurait-il encore eus où, chacun serré si fort contre l'autre, l'horizon aurait paru incroyablement clair ?

La disparition de Théo a été une erreur. Les cartes, ce jour-là, ont été inversées : c'est un autre qui aurait dû mourir. Ou bien lui et moi ensemble dans la mort. On a dû m'oublier.

Comme nous avons ri ensemble ! L'été où nos parents avaient loué un chalet à la montagne... Le petit étang que nous avions découvert... Les têtards. On s'amusait à les attraper. Théo avait une technique sensationnelle pour qu'ils ne lui glissent pas des mains. Il pataugeait pieds nus dans l'eau, immobile. Il était concentré. Puis soudain il se courbait, plongeait ses mains sous la surface grise. J'entendais un clapotis, je voyais mon frère se tortiller. J'attendais, impatiente, les yeux écarquillés. Mon cœur battait à rompre. Je retrouvais mon souffle lorsqu'il se retournait vers moi et lançait, triomphant : « J'en ai un autre, regarde ! » Je l'observais, émerveillée. Je le trouvais beau.

Je me souviens du retour des vacances. J'étais triste. Théo se moquait gentiment de moi. Je lui avais expliqué que j'avais peur que ce ne soit plus jamais « comme ça ».

– Merci.

Je lui redonne le verre. Il me regarde, l'air

presque amusé. Qu'y a-t-il ? Je n'aurais pas dû, peut-être, lui tendre le verre ? Ici, on ne rend pas son verre ? On le garde avec soi ?

– J'aurais dû vous donner à boire avant : j'aurais gagné un sourire plus tôt.

Une expression presque enfantine passe sur son visage. Les yeux gris se plissent à nouveau. Je demeure une seconde interdite. Une mèche de cheveux a glissé sur mon front. Je la repousse.

– Je vous taquine un peu, hein, je me permets ? Vous ne m'en voulez pas ? Je sais bien qu'être là...

Il n'achève pas. Je le fixe de toutes mes forces. Cette fois, c'est lui qui est gêné. Il balance maladroitement les bras le long de son corps puis retourne vers le fond de la pièce. Je regrette. Je regrette qu'il s'éloigne. Mais cette fois je sais qu'il va revenir.

Lorsque j'ai appris que j'étais enceinte, j'ai pensé à ces fameux têtards. C'est inouï ce que la mémoire peut être violente. Ça faisait des mois, des années que je ne pensais plus à mon frère. Je l'avais enfoui au fond de moi, quelque part. Je l'avais perdu. Depuis toute petite je perdais tant de bouts de moi... Et puis l'homme m'a dit, le laborantin... Il me l'a répété : oui, Madame, ce taux d'hormones signifie que vous êtes enceinte. J'ai dû me retenir pour ne pas chanceler. J'ai bredouillé quelque chose puis j'ai quitté le laboratoire. Je devais avoir le visage fermé d'une voleuse. Il était un peu plus de seize heures, l'heure de la sortie des écoles. Je me souviens des vagues de gamins déferlant dans des rires, des cris. Je me faisais bousculer. J'aurais dû changer de trottoir, tout au moins ne pas rester au beau milieu... Je ne pouvais pas : mon corps me paraissait lourd, impossible à mouvoir. Enceinte. Comment était-ce possible ? Comment *cela* avait-il pu arriver ? J'avais toujours été convaincue que j'étais stérile. C'était une certitude : mon corps, jamais, ne pourrait enfanter. Trop abîmé, trop épuisé, trop maigre. Pas assez de joie en moi pour donner la vie. Quelle idiote ! Quelques heures après, j'essayais de prononcer le mot. Je le murmurais plusieurs fois : enceinte, enceinte, enceinte... Une vie en moi. Une crevette au début, n'est-ce pas ? Juste un cœur qui bat... J'avais fermé les yeux, essayé d'imaginer le cœur, la crevette. C'est ce jour-là que j'avais repensé à Théo. Il avait fallu que la vie me surprenne pour que mon frère mort resurgisse de ma mémoire. Alors, toutes ces images de nous deux s'étaient mises à danser devant mes yeux. C'est à ce moment-là que j'avais décidé de l'appeler Théo.

Plus tard, à peine plus tard, j'avais eu peur. Je ne voulais plus de ce bébé. Je voulais qu'on me l'enlève. Qu'on me débarrasse de ce corps étranger. J'étais allée voir un médecin choisi au hasard dans les « pages jaunes » de l'annuaire. Marie-Paule, elle s'appelait, je m'en souviens. J'avais pris rendez-vous. Le jour J, j'étais en avance. Pour tout le reste, j'étais en retard. En retard sur mes règles, en retard sur ma vie. En avance de quelques minutes et en retard d'une enfance. Dans d'autres circonstances, j'aurais peut-être ri. J'avais envie de pleurer. Tout cela me paraissait absurde. Je passe une première fois devant l'immeuble. J'ai froid. Depuis le matin j'ai froid. L'air est pourtant doux, je le sais. Dans ces beaux quartiers aux maisons de ville, ça sent la rose et le lilas, des senteurs qui presque me feraient défaillir si je prenais le temps de m'arrêter, de me pencher vers l'un de ces murs, de respirer le parfum des fleurs, mais je ne le fais pas, je risquerais de me mettre à pleurer, comme ça, pour ces odeurs, ces idioties, alors je ne le fais pas, je continue de marcher, lentement, un pas après l'autre comme lorsque j'allais à l'école, un pas après l'autre à côté de mon frère, et comme ces moments étaient doux, clairs, et moi qui ne le savais pas, moi qui pensais que ces moments étaient des moments normaux et qui ne savais pas que c'était ça, le bonheur. J'ai mis deux pulls mais j'ai froid. Envie de vomir. Une trouille bleue d'aller consulter cette Marie-Paule. C'est dans son cabinet que j'ai compris. Elle se penche vers moi. Son visage ressemble à celui d'un coquelicot. Elle prononce des mots incompréhensibles : des sons dénués de sens, des sons qui claquent, tapent, grincent. Je refuse, je me lève : je laisserais ce coquelicot fouiller mon corps ? Tuer la vie qui s'est miraculeusement hissée aux parois de mon ventre ? Je laisserais cette étrangère rayer en quelques secondes ce qui pourrait me redonner envie de vivre ? Je traverse la pièce. Comment grossissent les crevettes ? Il va falloir se nourrir. Arrêter de boire. Je n'y arriverai pas. J'y arriverai. Suffit de ne pas acheter de bouteilles. Ne pas tomber. Quitter le cabinet, dire au revoir, et tant pis si les mots ne sortent pas, passer devant la secrétaire, gagner la rue. Et là, une fois dehors, courir, courir comme une enfant ! Sauter à pieds joints dans les flaques d'eau ! Comme c'est bon de se faire éclabousser... Ça doit lui plaire, au têtard ! Peut-être même qu'il rigole là-dedans, tout seul dans son liquide ! Elle le fera rire, son têtard ! Elle le fera danser ! Ils en auront la tête qui tourne... L'air est léger aujourd'hui. Comment pouvais-je donc avoir si froid ? N'avais-je pas dit qu'il s'appellerait Théo ?

– Vous devriez arrêter de vous agiter comme ça. Ce n'est pas que ça me dérange, mais vous allez vous épuiser. Il faut garder des forces.

Je me raidis. Il doit lire dans mes yeux. Il prononce, sur un ton très doux :

– Vous ne vous rendiez pas compte que vous étiez en train de gesticuler ? Calmez-vous maintenant.

Je fais signe que oui. J'ai envie que cet homme me prenne les mains et me les serre, le plus fort possible. Je ne parviens pas à détacher mon regard de son visage.

– Pourquoi n'essayez-vous pas de somnoler un peu ? Je sais bien que, dormir, c'est impossible, mais somnoler ? Ça peut prendre encore beaucoup de temps. Il faut que vous teniez le coup.

Un bref silence, puis j'entends :

– Encore une fois, je sais bien que ce ne sont pas mes affaires. Mais je voudrais pouvoir vous soulager un peu.

Je le sens hésiter. Je baisse les yeux. J'attends. J'attends tout ce que cet homme pourra me donner. Je le supplie de me donner quelque chose. Je serre les poings. Je ferme les yeux.

– Ça fait quatorze ans que je fais ce métier. J'aimerais être fier de ce que je fais. Ne pas être seulement un type qui surveille, qui interdit, qui met au verrou... Avant, j'étais éboueur. C'était dur, mais j'aimais ça. Il y avait quelque chose de rassurant à débarrasser la ville de ses déchets. Aujourd'hui, le temps passe, je vais avoir cinquante ans. J'aimerais me dire que tout ça n'est pas inutile. Autrement... autrement, à quoi bon ?

Je hoche la tête doucement. Lui signifier que je suis avec lui. Je n'ai pas d'amis. En ai-je jamais eu ? Je ne crois pas. Je ne me souviens pas. Donc, je n'ai pas dû en avoir. À écouter cet homme, je me dis que j'ai dû passer à côté de quelque chose.

J'aimerais le lui dire, mais je ne peux pas. Je pense qu'il comprend.

La nuit dernière, mon rêve est revenu. Celui qui a traqué presque toutes mes nuits avant la naissance de Théo : ma mère debout, immobile, au milieu d'un couloir gris. Son corps incroyablement amaigri. Elle se tient de profil, on ne distingue pas son expression. Puis elle se retourne lentement, laissant apparaître son visage sans âge ni douceur. Elle fixe quelque chose d'indéfini, intensément, et je cherche, je cherche cet objet indistinct, jusqu'à ce que je prenne conscience que c'est *moi*, Léa, que ma mère est en train d'observer, *moi* soudain propulsée dans ce couloir sans vie, *moi* qui traînais là on ne sait pourquoi, et dès l'instant où je me reconnais, le regard de ma mère se voile d'une accablante lassitude. J'ai l'impression d'être dévorée. Cela dure mon Dieu comme cela dure. Et lorsque enfin je me réveille, le corps trempé de sueur, une sensation d'étouffement au creux du ventre, le réveil, loin d'être une délivrance, m'enferme dans une souffrance que je ne parviens pas à chasser de la journée. Mon ventre est douloureux. Je dois me recroqueviller sur le lit en chien de fusil, un coin d'oreiller dans la bouche. C'est une habitude que j'ai conservée de l'enfance, suçoter mon oreiller en m'efforçant de ne penser à rien, un des seuls remèdes que j'aie trouvés pour connaître un semblant d'apaisement. Et puis, ces jours-là finissent par passer eux aussi – tout finit toujours par passer.

Aujourd'hui, je n'ai pas pu m'allonger. Mais, bizarrement, je n'ai pas mal au ventre. J'ai mal dans tout le dos, mais pas dans le ventre. Je crois que mon ventre ne pourra plus me faire souffrir.

Ma mère... On me demanderait de parler d'elle, je ne pourrais pas. Je saurais la décrire physiquement, ça oui. Son image est précise. D'ailleurs, elle ne variait pas : ma mère se ressemblait toujours. Même les derniers temps, lorsque j'habitais encore à la maison et qu'elle buvait de plus en plus. Quel âge avait-elle ? Je ne sais même pas à quel âge elle m'a eue. Je ne sais rien d'elle. Je ne m'imagine pas neuf mois dans son ventre. Ça me paraît impossible. Il me semble qu'on devrait conserver au fond de soi quelque trace des neuf mois passés dans les entrailles maternelles. Moi, j'ai tout perdu.

La boisson devait laisser des marques. La boisson laisse toujours des marques, même quand on est jeune. Le visage enfle, la peau est parsemée de couperose, les yeux injectés de sang. Oui, ça devait être flagrant, mais moi je ne le voyais pas. J'avais vingt ans et je ne le voyais pas. Que voit-on de ses parents ?

Après mon mariage, je n'ai plus voulu avoir le moindre contact avec eux. Je l'avais décidé ainsi. J'avais dit : cette fois, c'est fini, je me suis libérée d'eux, je ne veux plus les voir. Ils m'ont volé mon enfance, ils l'ont trahie, je ne veux plus les voir. J'ai toujours pensé qu'il fallait risquer sa vie. La mettre en jeu. Je mettais en jeu mes parents. Pierre n'a rien dit. Il a fait semblant de comprendre. Pierre a toujours fait semblant de comprendre. Aujourd'hui, je crois que c'est un acte d'amour. À l'époque, je pensais : lâcheté. C'est terrifiant comme on peut se tromper.

Mon père, je l'ai revu une fois. Il ne l'a jamais su. C'était au printemps, il faisait doux. Je m'en souviens parce que je me promenais beaucoup. Moi qui d'ordinaire restais terrée des heures dans ma chambre d'hôtel à ne rien faire. J'allais sur les bords de Seine. J'aimais l'heure du crépuscule, le moment où l'eau semble se figer. Elle me donnait l'impression d'attendre quelque chose. J'étais attirée. Fascinée. J'avais envie de me jeter dedans. Ce n'était pas la douleur, non, pas la douleur. Plutôt l'envie de me précipiter dans ce fleuve qui paraissait immobile et éprouver sa puissance. C'est un de ces soirs-là. Je me revois. J'étais accoudée à un parapet. Une intuition... Je me suis retournée. Il était là, à quelques mètres de moi, immobile. Cela faisait sept ans... Je suis restée clouée au sol. Je me disais : il faut que je bouge, que je recule. Je suis restée clouée au sol. Il ne m'avait pas vue. Il regardait autour de lui. Son regard flottait. Il avait vieilli. Ses cheveux étaient blancs, son dos voûté. Je déteste voir son dos voûté. Je ne peux pas en détacher mon regard. Il s'éloigne, se dirige vers un banc, s'y laisse tomber. Je fixe mes chaussures. Le noir de mes chaussures. Le vernis noir de mes chaussures. Une des brides est légèrement décousue. Il faudra la faire arranger. Rester comme ça, ne pas bouger, ne pas se redresser, oublier l'apparition, lorsque je lèverai les yeux il aura disparu, d'ailleurs il ne m'a pas vue, peut-être me suis-je trompée, cet homme-là n'est pas mon père, après tant d'années... Les gens changent. La mémoire déforme. Mais que fait-il ici, seul, à la tombée de la nuit, sur les quais de la Seine ? Seul ? Où est ma mère ? Peut-être est-elle ? Non, j'aurais tout de même été avertie. Il a l'air usé, usé, comme moi, une famille d'usés, voilà ce que nous sommes. Mais lui c'est plus compréhensible, quel âge a-t-il, soixante-cinq, soixante-dix ans peut-être... Moi, je n'en ai même pas trente ! Dois-je aller ? Pour lui dire quoi ? Je m'avancerais.

Non, je ne tomberais pas, je me tiendrais devant lui, droite, digne, j'attendrais, il lèverait les yeux sur moi, il me regarderait. Peut-être ne me reconnaîtrait-il pas ? Je dois avoir tellement changé... Toute cette douleur, cette énergie gaspillée. Que reste-t-il d'avant ? J'ai froid. Mon manteau... Je serre mes mains l'une contre l'autre. Elles sont glacées. J'ai envie d'un verre de vin. Il faut que j'aille boire du vin. Il a quitté le banc. Il s'éloigne d'une démarche traînante. Il va disparaître, se fondre dans l'obscurité. Ne faudrait-il pas courir après lui ? Le rejoindre, le toucher, même sans rien lui dire ? Le toucher, une seule seconde ? Une seconde de chaleur, de reconnaissance ? Puis je m'en irais. Tous les deux nous conserverions cet éclair en nous... Nous deux qui nous serions rejoints, enfin... Cela suffirait. Il franchit la dernière marche, s'engouffre dans Paris. J'aperçois une dernière fois le pan de son manteau battre derrière lui. Ça y est, c'est fini. C'est fini.

Cet homme-là, devant moi, pourrait presque être mon père. Pas tout à fait quand même. Idiot : on ne peut pas être pas tout à fait un père. Soit on l'est, soit on ne l'est pas. Mon Théo, par exemple : lui n'a pas eu de père. Vide à la place du père. Trou noir. Me rappelle même pas son prénom. La rencontre, oui. La rencontre, je me la rappelle. Et cette façon qu'il avait eue de prendre mon visage entre ses mains, avec tant de délicatesse que j'avais senti quelque chose se resserrer au plus profond de moi. Oui, de ça je me souviens. Mais pas de son prénom.

C'était un soir. J'attendais le bus. Il était là, à me dévisager, insistant. Tout de suite je l'ai trouvé beau. Beau à vous couper le souffle. Je crois que c'est le seul homme que j'aie trouvé beau. Pas dans les traits, non. Je ne saurais dire d'où ça lui venait, toute cette beauté. C'était comme une grande respiration qui sortait de lui, qui le précédait. Dans le bus il s'est assis en face de moi. Il ne me quittait pas des yeux. Je lisais son désir dans son regard. J'aimais ça. Ses yeux sur moi une longue caresse. Je savais qu'on rentrerait ensemble. C'était l'époque où j'abandonnais mon corps à tous les hommes qui en avaient envie. Je suis descendue du bus. L'homme m'a emboîté le pas. Je me suis retournée. Nous nous sommes fait face, sans un mot. Je l'ai entendu me murmurer : « Puis-je vous accompagner ? » J'ai secoué la tête, j'ai ri. Je lui ai demandé ce qu'il croyait être en train de faire. Et lui : « Jusqu'à présent je vous suivais. » Ce n'était pas faux. J'ai regardé devant moi, j'ai essayé de me rappeler le visage du dernier homme qui m'avait étreinte. Rien. Aucun souvenir. Alors, je l'ai prononcé pour la première fois : « Léa. Je m'appelle Léa. Vous pouvez m'accompagner. » Et sans attendre j'ai poursuivi mon chemin. Voilà. J'avais changé mon nom. Je ne sais pas pourquoi j'avais éprouvé ce besoin, soudain. Le prénom de Marie m'était apparu odieux. Je voulais m'en séparer, comme on se sépare d'un être qu'on n'aime plus. Soudain je n'étais plus Marie, ce désastre. J'étais Léa. Une femme nouvelle. Je me souviens du léger vertige qui s'était emparé de moi, tant changer de nom avait été un jeu d'enfant.

Nous marchons l'un à côté de l'autre. La démarche de l'homme est souple, féline. Je ne perçois pas le bruit de ses pas. Notre marche dans le silence me plaît. Il n'y a pas besoin de mots. Après tout, à quoi servent les mots ? Ne pourrait-on pas s'en passer ? Un monde sans paroles. Sans langage. Un monde de silence. Seuls les gestes, les mouvements, les expressions du visage feraient sens. Comme tout serait plus fluide... Des serpents, nous serions des serpents, je songe avec ravissement. L'homme me dit qu'il s'appelle Étienne. Sa voix grave me tire de mes divagations. J'interromps ma marche, je coule un regard en biais vers les yeux sombres, je dodeline de la tête. J'assène d'une voix tranquille : « Ça ne vous va pas. » « Pardon ? » « Étienne : ce n'est pas un prénom pour vous. Romain aurait été plus juste. » Un bref silence puis je l'entends : « Vous croyez que Léa, c'est un prénom qui vous va bien ? » Je réplique : « Parfaitement. Ça me va parfaitement bien. » Et je m'éloigne. Je me dis qu'il va s'arrêter là, renoncer à me suivre. Je ne me retourne pas. Après tout, je ne tiens pas plus à cet homme-là qu'à un autre, malgré toute sa beauté.

Et s'il avait effectivement renoncé ?

– Vous n'y arrivez pas ?

De quoi parle-t-il ?

– À somnoler ? Vous sursautez, vous marmonnez...

– Excusez-moi.

– C'est pour vous... Ressasser des souvenirs... Enfin, je me doute qu'on peut rien faire contre.

Que peut-on répondre ? Je hausse les épaules, doucement. Un bref silence s'installe. Puis de nouveau je l'entends. Au début je ne suis pas certaine qu'il s'adresse à moi, tant sa voix est basse, et les mots inarticulés. Ça ressemble à un long borborygme. Je tends l'oreille. Je ne perçois d'abord que quelques mots, puis ses propos se font plus clairs :

– Tout à l'heure quand je vous disais égarée... J'avais déjà remarqué ça : les gardiens, on les prend pour des gens qui souffrent pas. Ils seraient là, à ne rien ressentir... Des conneries tout ça. On est tous pareils. On a faim, on a peur, on a froid, on est seul, on a envie d'une femme, on fait des gosses, on sait plus pourquoi on les a faits mais on les aime quand même, c'est ça qui est incroyable, on les aime quand même... Puis un jour quelqu'un s'en va, quelqu'un que vous aimez, et on se retrouve là, tout seul, comme un con, à être mal, tout le jour, toute la nuit, on est mal, on a envie de chialer mais il y a les gosses, alors faut se retenir, c'est ce que vous disent les autres, faut pas te laisser aller mon vieux, pour tes enfants. Comment on fait, hein ? Moi je sais pas, on m'a pas expliqué comment on faisait pour pas chialer devant ses mômes quand on a mal. S'il y a un truc, faut me le dire... Bientôt la retraite, on se disait, on fera des voyages, parfois même on emmènera les petits. On les appelait toujours les petits, nos gosses, même quand ils sont devenus plus grands que nous... Oui, on rêvait à tous ces voyages qu'on aurait faits. Ma femme voulait partir dans les îles, là-bas... Ça la faisait pleurer quelquefois quand elle y pensait, tellement elle en avait envie. Moi j'aurais préféré le désert mais bon, je disais rien. Ça lui faisait tellement plaisir. Et puis voilà... Quatre mois de maladie, un corps en loques... Même pas eu le temps de tout lui dire avant qu'elle s'en aille. La fierté... ça m'empêchait... Je crois bien que j'ai même pas réussi à lui dire comme je l'aimais... Ce qu'on peut être con quand même ! Ce qu'on peut être con...

Il s'interrompt brusquement. Je le sens qui me regarde, épouvanté. J'ose à peine relever la tête. Nos regards se frôlent. Je fixe à nouveau le sol puis murmure, en secouant la tête :

– C'est pas grave.

Mes yeux me brûlent. Je cherche quelque chose à dire. Je suis creuse comme un caveau. Je cherche, de toutes mes forces.

– Comment vous disiez, tout à l'heure ? On n'est pas des bêtes, non ?

J'essaie de sourire. L'homme ne répond rien. Cette fois j'ose me redresser, le regarder.

– C'est la première fois que quelqu'un me parle depuis des années.

Il hoche la tête en silence. Mes yeux sont remplis de larmes. Nous nous taisons.

Parfois je pensais à eux. À leur vide. La colère avait fait place au manque. Je manquais d'eux, je manquais de leur amour, je manquais de leur chaleur. Je me demandais comment je pouvais manquer de quelque chose dont je n'avais pas le souvenir. Pourtant, le manque était là, et toutes mes tentatives pour le dissimuler me le rendaient plus douloureux, comme ces taches rouges sur la peau qui deviennent plus vivaces lorsqu'on les frotte pour tenter de les faire disparaître. Je rêvais que j'appelais ma mère. C'était si simple : il suffisait de fermer les yeux, d'imaginer que je décrochais le téléphone, composais le numéro. Maman, c'est moi, ta fille, je voulais te parler de mon enfant, un garçon brun, grand, des sourcils épais, une joie sans pareille à l'intérieur du corps. Il a déjà deux ans, je le couvre de baisers, nous nous chatouillons, nous rions, nous dansons ensemble, nous pleurons ensemble. Et si ce jour-là j'avais été courageuse, j'aurais ajouté, très vite, sans peut-être tout à fait comprendre ce que je disais : et comme j'aurais aimé, Maman, que toi aussi tu me couvres de baisers, que toi aussi tu me chatouilles, que toi aussi avec moi tu ries, tu danses, tu pleures. J'ai froid de toi en moi, viens, viens embrasser Théo, Maman, viens m'embrasser...

Je finissais toujours par ouvrir les yeux. Ma mère, son long corps sec, son visage froid... Comment aurais-je pu lui parler ? Je détournais le visage. Je ne voulais pas que Théo me voie pleurer.

Pierre disait que j'avais peur de la vie, que j'étais paralysée par l'idée de vivre. Que la pensée même de l'amour de deux corps m'emplissait de terreur. Que je papillonnais pour oublier ma détresse. Il disait que j'étais semblable à ces fleurs qui, lorsque la nuit tombe, s'entrouvrent, et qui, le jour à peine levé, se recroquevillent, comme si elles étaient honteuses de se montrer en pleine lumière. Que j'étais une fille de l'ombre. Que la clarté me faisait fuir.

La vie me faisait fuir... Voilà ce qu'il disait, et il avait raison. Mais il ne savait pas à quel point on peut souffrir d'avoir été jeté là par hasard, sans amour. Il ne le savait pas.

– L'amour est la cause de tout : du désespoir, de la joie, de la vie, de la mort. N'est-ce pas ? C'est l'origine, la source première.

J'ai dit ça comme je lui aurais redemandé de l'eau. Il n'a pas eu l'air surpris. Il a hoché la tête, avec conviction, et j'ai su qu'il m'approuvait. Oui, j'ai su qu'il était d'accord avec chacun des mots que je venais de prononcer. Je me suis sentie réconfortée.

Les deux premières années surtout... Je me demandais d'où me venait tout cet amour. Moi qui jusqu'alors ne l'avais ni éprouvé, ni vu éprouver. Moi dont les parents se déchiraient. Moi qui avais fait une fois l'amour avec un inconnu rencontré dans un bus et que cet acte rapide, suscité par une simple attirance physique, avait rendue mère. Cette joie... D'où venait-elle donc, si violente que mon cœur bondissait lorsque je surprenais un sourire, un rire, sur le visage de Théo ? Quel chemin intérieur empruntait-elle pour jaillir avec une telle force ? Quelque chose de sacré, qui n'aurait pas été souillé par toutes ces années d'usure, avait-il été préservé ? Ou bien s'agissait-il de quelque chose qui me dépassait, qui trouvait son origine dans ce que l'humanité avait vécu depuis le commencement, et dont la puissance me submergeait ?

Je ne savais pas répondre. La seule chose que je savais, c'est que j'étais mère. D'une j'étais devenue deux, faisant éclore de mon corps un autre corps qui criait, mangeait, dormait, pleurait, rêvait, un corps vivant. Moi qui étais à moi-même perdue, je m'étais brisée, rompue, et de ce fracas silencieux une vie avait jailli. Alors, l'humanité ?... Tant de vies humaines, de mères qui enfantent, arrachées à elles-mêmes, dans la douleur, puis ces mères meurent, restent les enfants qui eux-mêmes, à leur tour, donnent vie, puis disparaissent, ils finissent tous par disparaître, retournant à l'état premier de solitude, dans la terre, le silence, la poussière. Mais quel est le sens de tout ça, de toutes ces vies, de cette chaîne qui n'en finit pas de se briser, couchant les gens à terre, les broyant de douleur, leur faisant parfois connaître la joie puis se reformant, malgré tout ? Pour aller où ? Où ? Certains matins demeuraient incompréhensibles.

Cette fois, c'est lui qui a la tête baissée. Faut pas avoir honte. J'aimerais le lui dire. Je ne peux pas. Les mots sont impuissants devant la douleur. Je le sais bien. Alors je me contente de le regarder. Je me dis que ça ne peut pas lui faire de mal, d'être regardé.

Une brève sonnerie. Je tressaille. Il se lève, se dirige vers l'interphone. Il écoute ce qu'on lui dit. Je n'entends pas. Je le vois faire un léger hochement de tête. Ça y est. Ils doivent avoir terminé.

Il se retourne vers moi :

– Les jurés ont fini de délibérer. Mais il faut encore attendre : les délibérations ont été longues, ils prennent une pause. On viendra vous chercher dans une demi-heure.

Garder ses dernières forces. Se préparer. Ne pas s'émouvoir.

– Si vous voulez... Si vous voulez, je peux demander un autre verre d'eau ?

Je fais signe que non. Je ne peux plus lui sourire. Je n'y arrive plus. J'ai peur, de nouveau. Ne pas claquer des dents.

– Est-ce que je peux vous demander votre nom ?

Je sursaute. Je le fixe, éberluée. Je fais un effort pour lui répondre :

– Vous avez dû pourtant l'entendre des dizaines de fois au cours de ces dernières semaines. Parce que je ne me fais pas d'illusions. Je n'ai ni lu la presse, ni écouté la radio. Mais j'imagine : l'infanticide figure parmi les faits divers les plus alléchants.

– Depuis que nous parlons il m'est sorti de la tête. Ça peut paraître idiot, mais c'est vrai. Je l'ai oublié. Je ne sais pas qui est la femme avec laquelle je parle depuis plus de deux heures.

Un silence. J'hésite. J'ai du mal à le croire. Je jette un coup d'œil vers lui. Il est immobile, face à moi. L'expression de son regard est calme. Elle me rassure.

– Léa. Je m'appelle Léa.

Il hoche la tête, vaguement étonné :

– Vous voyez, je ne m'en serais pas souvenu...

Je n'ose pas lui dire que le prénom qui figure sur mon dossier est Marie, et que donc, bien évidemment... Je lui souris.

– Alors, tant mieux.

Je garde les yeux fixés sur lui. J'essaie de me souvenir : quelle impression ai-je eue de cet homme lorsque je l'ai vu pour la première fois ? Je ne sais plus. De toutes façons... Le monde entier n'est-il pas une gigantesque supercherie ? Tous ces corps en mouvement croisés dans la rue, dans des magasins, dans des cafés, ces corps que j'ai entendus parler, rire, crier, ne sont-ils pas habités par des énergies, des instincts, des désirs opposés à ce qu'ils laissent paraître ? J'ai envie de le lui dire soudain : trompe-l'œil. Ce que vous voyez est en trompe-l'œil. Le vrai est caché. Le vrai ne se dévoile pas. Ou alors par éclairs, par frôlements.

Il y a quelque chose que j'aimerais savoir, avant la fin : ma vie aurait-elle pu être différente ? Y a-t-il un moment où je me suis trompée de chemin ? Quand ?

Je cherche. Je ne vois pas. Je ne vois pas à quel moment j'ai eu le choix.

Mon gardien s'est levé. Il marche le long du mur, dans un sens puis dans l'autre. On dirait que c'est lui qui attend. Il ne sait pas que je l'observe. Sa veste est élimée sur les côtés. Dans quelques minutes nous nous séparerons. Je ne le verrai plus. Nous nous quitterons comme ça, après ces heures souffertes ensemble. J'ai envie de le retenir. Trouver les mots qui nous attacheraient l'un à l'autre. Les mots qui resteraient, après.

– Ils auraient voulu que je parle de lui, au procès.

Je ne sais pas pourquoi j'ai prononcé la phrase. Une secousse violente en moi, comme une décharge électrique. Je regarde l'homme. J'ai peur de tomber.

Soudain ça s'arrête. J'ai l'impression qu'on me prend dans les bras. Je ferme les yeux. C'est lorsque la larme parvient à mes lèvres que je comprends : je pleure. Je pleure, enfin !

Je sanglote.

Je me lève. Je me dirige vers lui. Je n'ai plus peur. Je sais qui je suis : Léa. Je vais te raconter. Pas ce qui s'est passé, non. Ce qui s'est passé, personne ne le saura jamais. Ne m'appartient pas, ne m'a jamais appartenu. Mais ce que j'ai vécu de lui depuis le commencement. L'empreinte de lui en moi. Écoute-moi.

– Écoutez-moi.

Je le vois qui tressaille. Je n'ai peut-être pas le droit. Pas ma faute. Fallait pas m'écouter depuis le début. Fallait pas me donner l'impression de m'accompagner. Reste avec moi.

Fermer les yeux et parler vite, sans le regarder, sans s'arrêter, parler vite comme si je reprenais une histoire qu'on m'aurait racontée :

– Je l'attends. Il s'appellera Théo. Il naîtra au mois de janvier, en plein cœur de l'hiver. Peut-être fera-t-il un froid glacial, j'aimerais qu'il fasse un froid glacial, un ciel bleu et sec. Le bébé en conserverait un formidable instinct de survie. S'il lutte dès les premiers jours contre le froid, certainement la suite lui paraîtra-t-elle plus douce, moins rugueuse. Et puis, il aura sa mère pour l'aimer. Pour lui donner de la chaleur.

Il faut quitter l'hôtel. Trouver un appartement. Préparer la chambre du bébé. Mettre de l'ordre, à l'intérieur et à l'extérieur.

L'appartement : un deux-pièces en plein cœur de Paris, dans une rue calme. Comme toujours avec l'argent de Pierre, comme toujours depuis le début. Je m'en fous. L'appartement est agréable, lumineux. Je paie d'avance les six premiers mois de loyer. On me donne les clefs, j'y vais. L'appartement est vide. J'en fais plusieurs fois le tour. J'écoute le bruit de mes pas. Je pénètre dans la future chambre du bébé. Je m'asseois par terre. Gargouillis de mon ventre, bulles d'air qui éclatent à l'intérieur du corps. Le bébé se manifeste. Je me sens bien. Pour la première fois depuis que je suis enceinte, je passe une main sur mon ventre arrondi.

Plusieurs semaines s'écoulent. Je m'occupe de l'aménagement de l'appartement. J'achète vaisselle, couverts, lit, table, chaises. Je range, je confectionne, je décore. Mon ventre grossit à vue d'œil. J'aime le moment du soir, après le bain. La rondeur se découpe dans le miroir. Je me tiens de profil, je m'observe, je palpe mon ventre. Chaque soir le même étonnement : il est encore plus gros que la veille.

Je me sens belle. Je suis une femme. Mon corps est moins usé. Il s'épanouit. Je prends soin de moi, je ne me fais pas de mal. Je ne bois presque plus, je dors mieux, j'écoute de la musique qui me berce. Mon ventre enfle jusqu'à peu à peu faire disparaître mes pieds. Tout est à sa place, enfin.

Les deux derniers mois sont les plus longs. Je n'ai jamais connu Paris sous un tel déluge. Il pleut à verse presque tous les jours, une pluie battante, irrégulière, qui fouette les carreaux des fenêtres, sans relâche. Je passe mes journées à fixer une minuscule tache grisâtre dans le plafond blanc. Le médecin m'a ordonné de ne pas bouger pour éviter tout risque d'accouchement prématuré. Il me soutient que j'en ai trop fait, qu'il faut penser au bébé. Je me demande bien ce que j'ai trop fait à ne rien faire mais j'obéis. Je reste allongée du matin au soir, du soir au matin. Les dernières semaines, nuits et jours se chevauchent dans un même rêve éveillé. Je suis engourdie. J'ai soif. Je bois. L'eau dégouline sur mon menton, mon cou, mes seins. J'aime ça.

Les vêtements, grotesques sur mon corps déformé... Je soulève les draps, je me regarde : ma peau claire tendue à craquer, mon nombril distordu. Parfois le bébé s'éveille. Je caresse ce que je crois être les pieds. Le bébé se met à danser sous ma peau. Tant d'énergie... Je suis sûre que ce sera un garçon.

Je me lève parfois. La manœuvre est délicate. Il faut d'abord rouler sur le côté, avec précaution, puis s'asseoir sur le haut du lit. Je m'affaisse comme un sac. J'observe la chambre plongée dans l'immobilité. Je sens le bébé se recroqueviller. Je lui parle, je le rassure : n'aie pas peur, je me lève. Fourmillements dans les mains, les bras, les jambes. Mon cou est douloureux. Je m'étire. Volupté. Ma peau sent la sueur et l'huile d'amande douce. Je pose les pieds à terre. Je suis lourde, d'un poids qui n'est ni le mien ni celui du bébé ni la somme de nos deux corps, un mystérieux amas d'eau, de chair et de sang qui depuis qu'il a pris racine prolifère avec vigueur, piétinant ma souffrance, mes journées creuses, ma solitude. Je n'en finis pas de m'en étonner. Je me rappelle combien j'ai pu me moquer des femmes enceintes : je pensais qu'elles marchaient en accentuant leur cambrure. Je suis la même : mains sur les hanches, ventre en avant, démarche lascive. Parfois je trébuche : le bébé m'entraîne vers l'avant jusqu'à me faire perdre l'équilibre. J'enfile un peignoir usé et je déambule dans l'appartement. Je ris. J'ai froid. Je me fais couler un bain brûlant.

Aux heures des repas je grignote ce qui me tombe sous la main : une tomate, un œuf, un morceau de fromage. Je ne veux rien avoir à préparer. Seule exception à ce manque d'ardeur : les pamplemousses. Je les mords à pleines dents. Je suis devenue une louve. Quiconque tenterait de nous menacer, je le déchiquèterais. Le reste du monde m'est parfaitement indifférent. Le glas pourrait sonner, je ne bougerais pas. J'attends mon bébé.

Les premières douleurs commencent le lendemain de Noël, vers cinq heures du matin. Je me blottis dans un coin du lit. J'essaie de me rendormir. Impossible de trouver le sommeil. Je me tourne, me retourne. La douleur s'intensifie. Une succession de vagues. C'est l'heure.

Je me lève, rassemble quelques affaires. Les vagues prennent de l'ampleur. Je dois m'interrompre, me plier en deux. Je claque la porte de l'appartement. Il est neuf heures. Le temps est beau. Un temps comme je l'avais rêvé, limpide, glacé, un temps de conte de Noël. Je cherche un taxi. Une seconde, je pense : je suis sur le point d'accoucher et je n'ai personne à prévenir. Une seconde j'ai envie de mourir. Mais tout de suite je me reprends : jusque-là, je me suis débrouillée seule, pourquoi aurais-je besoin de quelqu'un ?

Je suis à l'hôpital. On me dirige en salle d'accouchement. On m'annonce que le travail est déjà bien avancé, que je ne devrais pas en avoir pour longtemps. La salle de naissance ressemble à un cagibi : étroite, sans fenêtre, éclairée par une lumière violente. La sage-femme vient contrôler l'avancée du travail. Elle est taciturne, sans douceur. Elle me demande si le père désire assister à l'accouchement. Je fais signe que non – pas la force de dire la vérité. Je ferme les yeux. La femme se retire. Commencent alors deux heures où le bébé et moi nous nous débattons, accrochés l'un à l'autre, arrachés l'un à l'autre... Va-et-vient hors du temps. La douleur ressemble à un grand lit blanc. Je tombe, je tombe.

Je suis attachée. La sangle du monitoring me comprime le ventre. J'ai peur. J'ai de plus en plus peur. Une peur primitive, animale. Flux et reflux incessants de la douleur. Il n'y a pas d'autre échappatoire que de mettre au monde ou donner la mort. Je hurle. Je crève de soif. Je crève de trouille. Je n'y arriverai jamais. Les autres y arrivent peut-être, pas moi. Pour moi c'est trop difficile. Qui a dit que les femmes savent enfanter depuis la nuit des temps, que c'est quelque chose d'inscrit en elles ? On a dû m'oublier, rien n'est inscrit en moi. Je suis allongée, hurlante, un tas de chair qui s'en va. Je ne sens rien, je perds mon corps, je perds mon sang, je perds mon eau, je n'ai jamais été aussi seule. Je donnerais tout pour agripper une main. Sentir la chaleur de quelqu'un. Je n'ai jamais autant ressenti ce manque. Dans les instants où la vie jaillit ou se retire, on est seul : à la naissance, la première fois qu'on fait l'amour, dans la maladie, au moment de la mort... C'est ce jour-là que je comprends : la solitude finira par avoir raison de moi.

Épuisant besoin d'émerger après chaque contraction. Ne pas se laisser déchiqueter, écarteler. Retrouver mon corps. C'est de plus en plus difficile. Je crie : je n'y arrive plus, mon corps est en pièces, je vais mourir, éclatée. J'entends la voix ferme de la sage-femme : vous allez accoucher, je vais vous redresser. Quelques secondes après, je suis assise, le corps en vertige, les pieds dans chaque étrier. Je me raccroche au visage sans joie d'une femme que je ne connais pas et dont dépend ma délivrance. Je puise dans mes dernières forces.

Il apparaît. Cri puissant, victorieux. Petit corps visqueux qui cherche aussitôt à se redresser. Il hurle. Sourire sur le visage de la sage-femme. Elle le dépose dans mes bras. Le bébé frétille comme un poisson. Le minuscule corps tressaute sur mon ventre. J'éclate en larmes. Je tiens entre mes mains la vie à l'état brut. La vie qui vient de sortir d'entre mes cuisses.

Reprendre mon souffle. Risquer un regard vers lui. Vérifier qu'il est là, qu'il m'écoute.

Il est immobile, les yeux au sol. Je sais qu'il m'écoute.

Reprendre aussitôt. Ne pas penser. Ne pas se demander s'il comprend. Dire, seulement. Laisser les mots se déverser les uns après les autres. Les vomir. Il faut que j'arrive au bout.

Je m'adosse au mur. Je ferme les yeux. Pas besoin de les chercher : je suis tout de suite dedans. Dans les images.

Continuer à se persuader que ce n'est pas moi.

– C'est le troisième anniversaire de Théo. Le temps est épouvantable. Il pleut à verse, un froid mordant. J'avais prévu d'emmener Théo au zoo mais, devant un tel déluge, j'y renonce. Nous allons rester au chaud. Théo est triste : cette sortie au zoo est une promesse depuis plusieurs semaines. Presque tous les soirs nous nous sommes plongés dans un livre sur les animaux. Je l'avais acheté pour l'occasion. Nous nous installions dans mon lit, Théo entre mes bras. Il m'écoutait lire. Les photos le subjugaient. Parfois il s'arrêtait de tourner les pages et demeurait silencieux, les yeux écarquillés, le doigt osant à peine effleurer le papier. J'interrompais ma lecture. Je le regardais. Son visage tressaillait. J'attendais. L'extase pouvait durer de longues minutes. Je fermais les yeux. Théo rêvait aux lions, aux biches, aux éléphants, moi à notre bonheur. Ce n'était que lorsque je sentais la petite main presser mon poignet que j'émergeais. Je reprenais le livre, poursuivais ma lecture.

Mais ce jour-là... J'ai beau expliquer à Théo qu'il fait trop mauvais pour aller au zoo, il ne veut rien entendre. Il se réfugie dans sa chambre, s'accroupit et pleure sans bruit. Il est déçu. Je ne sais pas quoi faire. Lui qui pleure si rarement. D'habitude, j'arrive toujours à faire diversion, à lui faire penser à autre chose. Aujourd'hui c'est différent : il est inconsolable. Je m'en veux de lui avoir promis cette sortie.

Pour ne pas tourner en rond je décide de lui faire les deux gâteaux qu'il préfère. Une tarte à la banane et un gâteau roulé au chocolat. Je me dépêche. Je suis triste moi aussi. Dès que les gâteaux sont dans le four j'entre dans la chambre de Théo, sur la pointe des pieds. Il est allongé sur le lit en chien de fusil, son ours en peluche dans les bras. Je crois qu'il ne m'a pas aperçue. Il ne pleure plus, mais quelque chose sur son visage, quelque chose d'inexpressif... Je m'approche, je veux tendre la main pour caresser ses cheveux. Il soulève la tête, brusquement, et enfouit son visage dans l'oreiller. Il évite la caresse. Je lui demande d'arrêter. Je le supplie d'arrêter. Il demeure immobile. Je lui promets une sortie au zoo dès que le temps sera redevenu beau. Je lui dis que ce n'est que partie remise. Il ne répond pas. Je pose la main sur son dos. Il se dégage, se blottit dans le coin opposé du lit, reprenant d'instinct la position en chien de fusil. C'est de le voir dans cette position... Moi aussi je me recroqueville comme ça dans les moments où tout est trop... Alors le voir, comme ça... Je n'ai pas pu supporter. Je n'ai pas pu supporter que le lien mère-enfant, ce soit ça aussi : le même désarroi dans la peine, la même soumission à la douleur... Que je sois parfois submergée de tristesse... mais lui !

Je panique. Je relève Théo, j'essaie de l'asseoir dans le lit. Il se met à hurler. Le cri accroît ma panique. J'essaie de redresser Théo qui entre-temps s'est rallongé. Je crois que moi aussi je me mets à crier. Les mots qui me viennent, n'importe lesquels. Il repousse ma main, me fixe. Son visage exprime une rage folle. Il me dit que ce n'est pas une comédie, que je lui avais promis, qu'il ne me croira plus jamais. J'essaie de le raisonner une dernière fois. Il hurle de plus en plus fort. Il me fixe avec violence. La fureur m'envahit. Je lui ordonne de se lever. C'est à ce moment-là qu'il prononce la phrase. De sa petite voix fluette : *Je veux pas aller avec toi, je veux aller avec mon papa !*

C'est cette phrase... *Je veux pas aller avec toi, je veux aller avec mon papa !* Comment dit-on déjà ? Le sol qui se dérobe sous les pieds ? C'était ça, exactement : je n'avais plus de sol. Je glissais, je glissais...

Je n'ai pas le temps de me ressaisir. Il continue : *Tu veux pas que je voie mon papa. Tu le caches. Tu es méchante. Je veux aller voir mon papa.*

Je lui murmure de se taire.

Il continue à me fixer du même air hargneux. Je lui empoigne le bras et le secoue, de plus en plus fort. Je hurle : tais-toi ! Je tremble de tout mon corps. Théo est effrayé. Il essaie de s'esquiver mais je le retiens solidement. Quelque chose vient de se briser en moi. Les vannes sont ouvertes. Je ne peux plus me contrôler. Ma vue se trouble. Je distingue mal le visage de Théo. Il continue de se débattre. Il pousse de petits cris, se protège le visage d'une main. Je n'arrête pas de le secouer. Combien de temps tout ça ? Je ne sais pas... Je ne sais pas... Je suis épuisée. J'entrouvre la main. Théo s'enfuit.

Je me retrouve seule. Je claque des dents. Mon bras me fait mal. Je m'assieds, j'essaie de comprendre. Que vient-il de se passer ? Une telle violence ? Une telle violence envers mon enfant ? Moi qui me sentais apaisée depuis sa venue au monde, comment ai-je pu en arriver là, aussi subitement ? J'aurais pu... Oui, je ne me contrôlais plus. N'importe quoi aurait pu arriver. N'importe quoi... J'étais hors de moi, hors de la mère que j'avais réussi à devenir. Je n'étais plus qu'une bête sauvage, en furie. Il a suffi de quelques paroles malheureuses pour que je perde pied... pour que j'oublie tout.

Théo apparaît dans l'encadrement de la porte. Il m'observe en silence. Son regard fuyant... Je lui murmure de venir. Il ne répond pas. Il s'agrippe à la porte, prêt à partir. Je lui demande pardon. Pardon de m'être laissée emporter. Silence. Il continue à me dévisager. Je le regarde, je m'efforce de sourire. Ses lèvres tremblent. À tant trembler, elles vont tomber de son visage. Il faut lui sourire.

Je me lève, lentement pour ne pas l'effrayer. Je m'approche doucement, un bras tendu vers lui. Il ne me quitte pas des yeux. Théo, mon Théo, je murmure.

Les quelques mètres qui nous séparent me paraissent interminables. Enfin je parviens à sa hauteur. Son visage s'est légèrement crispé mais il n'a pas bougé. Il est sur ses gardes. Je m'agenouille, je prends son visage entre mes mains et le serre contre ma poitrine. Je lui chuchote que tout est fini, qu'il ne doit pas s'inquiéter. Derrière son dos je vois mes mains qui tremblent encore. Je n'arrive pas à regarder ailleurs.

Il me semble que le petit corps se détend. Mais je ne suis pas sûre. J'attends un moment. L'odeur de mon garçon m'envahit, m'apaise. Je lui propose d'aller manger les gâteaux. Il fixe un long moment le sol puis relève le visage vers moi. Son regard n'exprime rien. En tout cas, rien que je sache lire. Je le serre dans mes bras en l'entraînant vers la porte.

Il m'écoute toujours.

Je ne peux pas poursuivre. Je ne peux plus.

– Continuez.

Je secoue la tête.

– Continuez, je vous dis.

Je le sens soudain au-dessus de moi, il me relève et me serre le bras. Fort, très fort. Jusqu'à la douleur.

– Faut pas vous arrêter maintenant. C'est maintenant votre chance, votre dernière chance.

De quelle chance parle-t-il ? Qu'on me mette dans un lit et qu'on me borde. Qu'on me chante des chansons, tout bas, à mon oreille, si bas que je serais la seule à les entendre. J'ai mal. Il me serre fort. Ses yeux bleus. Qu'on me rende les yeux de Théo.

– Ils vont arriver. Finissons-en !

Je frissonne. Ils vont arriver. Ils vont mettre la mère coupable dans l'arène, la faire se lever, lui raconter ce qui s'est passé.

Ce n'est pas à eux de me le dire.

– J'ai bientôt fini.

Il hoche la tête. Il n'a pas desserré son étreinte. Je crois que j'aime cette petite douleur, petite mais si réelle qu'elle parviendrait presque à recouvrir l'autre, la mugissante au-dedans de moi.

Ma voix est faible mais je m'applique à bien prononcer chaque mot :

– Les journées reprennent leur cours. Lentes, apparemment paisibles. Théo ne fait aucune allusion à la crise. Il paraît même avoir perdu toute envie d'aller au zoo. Je guette en vain le moindre signe de colère. Il est redevenu le même petit garçon facile qu'auparavant. Oh, il y a bien, parfois... comme une expression de stupeur sur son visage, mais elle ne dure jamais longtemps.

Mes nuits me font peur. Il y a ces insectes phosphorescents... Ils apparaissent même quand j'ai les yeux fermés. Gros, si proches. J'ai l'impression qu'ils grouillent sous mes paupières. Ils se déplacent lentement. Ils me dégoûtent. Et puis ces cauchemars... Tant d'hommes dans mes cauchemars. Mon père, Pierre, et d'autres encore, que je ne reconnais pas. Je rêve aussi de Théo. C'est un adulte, il me menace. Je ne peux rien faire. Je ne peux pas m'enfuir. Mon enfant me piétine. Le lendemain il faut des calmants, beaucoup de calmants, pour effacer les images. Mais elles ne s'effacent pas. Rien ne s'efface.

Le jour, parfois, j'ai une crise de panique. Et si Théo recommençait à me parler de son père ? Qu'est-ce que je lui dirai ? J'ai honte. Que dit-on à un enfant de trois ans qui n'a pas connu son père et soudain le réclame ? Que dit-on à un enfant de trois ans dont le père a été un amant de quelques heures, un corps de passage, un corps pour combler le vide ? Dit-on la vérité ? Et quelle vérité ? Que s'est-il passé ? Rien, ou presque. Une envie brutale de faire l'amour... comme les bêtes en somme. Est-ce cela qu'on dit à son enfant : j'ai été une bête, tu sais mon petit, comme les animaux dans la nature qui se montent dessus les uns les autres, tu en as déjà vu faire n'est-ce pas, eh bien, pour Maman ça a été pareil, elle a vu un homme dans un bus, elle a eu envie que l'homme monte sur elle, c'est ce qui s'est passé, après quoi l'homme est parti, voilà. Cet homme était ton père, mon enfant. Dit-on cela à son enfant ? Ce presque rien qui engendre les enfants ?

Je ne m'étais jamais posé la question. Je n'avais pas imaginé la difficulté d'élever seule un enfant. La solitude m'était devenue si familière. Je la projetais dans la vie des autres et dans celle de mon enfant : de la même manière que je m'étais retrouvée seule face à Théo, lui serait seul face à moi. Cela me paraissait logique.

Comme tout était trouble... Mon passé... jusqu'alors je m'y retrouvais... il m'appartenait... Chaque phase avait un sens, chaque phase en amenait une autre : à cette époque, je m'étais mariée... ensuite, je m'étais séparée de mon mari... ensuite, je m'étais retrouvée seule... j'avais commencé à souffrir de la solitude... j'avais rencontré des hommes... ensuite, j'étais tombée enceinte... ensuite, j'avais cherché un appartement. Il y avait un fil, un lien entre tout ça. Maintenant que Théo était là... je perdais le fil. Je perdais le sens. Ma vie se réduisait à des miettes. Qu'avais-je fait ? Tous ces actes accomplis pour en arriver à notre solitude, à Théo et à moi. Quel est le sens de tout ça, qui aurait pu ne pas advenir ?

Il ne demandait rien. Mais j'avais pris peur. Je ne pouvais pas soutenir son regard. Je l'évitais. Je marmonnais que j'avais à faire. Qu'il ne devait pas me déranger, sous aucun prétexte. J'avais beau ne pas le regarder, fuir dans la cuisine, j'imaginais, comme si je les voyais, la bouche entrouverte, le corps immobile, le regard qui ne comprend pas. Mon bonhomme qui s'en retourne dans sa chambre. Il traîne des pieds, s'assoit devant son coffre à jouets et reste là, un long moment, avant de se décider, sans entrain, pour un jeu. Moi je reste plantée devant le placard à provisions. Je n'ai même pas la force de m'asseoir sur une chaise. Je me demande comment faire pour chasser la peur... J'ai au fond de moi ce pressentiment... Je n'y arriverai plus.

Plus tard, encore... Théo vient d'avoir quatre ans. Il a beaucoup grandi. Ses cheveux commencent à perdre les bouclettes que j'ai tant aimé caresser. Il parle bien. Très bien même. Il faut dire que je lui lis beaucoup de livres. Il a une prédilection pour les contes tristes : *Barbe-bleue*, *Peau d'âne*, *Le Petit-Poucet*. Lis-la encore, encore, une dernière fois, Maman s'il te plaît. Je relis les six femmes égorgées. Je chuchote. Il ferme les yeux. Je m'interromps, j'observe le petit visage. Il n'a pas bougé. On pourrait croire qu'il dort. Il a l'air paisible. Je me lève, j'éteins la lampe, je ferme doucement la porte.

Je sais qu'il rouvre les yeux. Dans la chambre, l'obscurité est profonde. On ne distingue rien, qu'on ait les yeux ouverts ou fermés. On peut lever les bras, on ne les voit pas. À croire qu'on les a perdus. C'est rigolo. Terrifiant. À tout moment des animaux peuvent surgir, vous attraper. Vous mordre. Vous griffer. Ou bien la dame en noir. Elle, c'est la plus effrayante. Elle a l'air douce, elle sourit, sa voix chante, mais elle mange les enfants. Théo le sait. Un jour, je le lui ai dit. Un jour où j'étais calme. Il ne faut surtout pas en parler à Maman. Maman est trop fatiguée. Elle pleure souvent. Elle se cache. Elle aussi aurait peur de la dame en noir. Il faut rester éveillé le plus longtemps possible, comme ça la dame en noir se tient tranquille au fond de la pièce. Si elle voit que Théo ne s'endort pas, au bout d'un moment, elle se fatigue. Elle disparaît. Théo sait exactement quand elle a quitté la chambre. Il est content, même si à chaque fois ça lui donne envie de pleurer. C'est normal. Il pleure sans faire de bruit. Lorsqu'il a bien pleuré, il peut s'endormir. On s'endort mieux quand on a pleuré : le visage est doux. Il sent le sel. Pour moi c'est pareil.

Avant, les insectes se tenaient à peu près tranquilles. Maintenant, chaque nuit, ils se déplacent. Je vois leurs ailes phosphorescentes frémir, leurs pattes avancer lentement. Je me tourne de l'autre côté, j'enfouis ma tête dans l'oreiller. Il y en a là aussi. Ils forment un cercle. Ils me regardent. Ils me dégoûtent. J'ai beau fermer les yeux, ils ne désertent pas le territoire. Reprendre des cachets... S'abrutir pour ne plus se laisser envahir... Il faut fuir. Mais fuir quoi ? De toutes façons je le sais. Je vais bientôt découvrir ce dont j'ai si peur. Je suis une jeune mariée sur le point de faire enfin la connaissance de l'époux qui dans l'ombre l'accompagne depuis longtemps. Il va se manifester. Il sera beau. Terrible. Je serai à ses pieds. Tout ce qu'il ordonnera, je le ferai. Tête baissée. Sans sourciller. Je serai toute à lui. Et comme ce sera bon d'obéir, de se perdre.

Théo joue de plus en plus souvent seul. Je reste au lit. J'essaie de récupérer les heures perdues de la nuit. Il a pris l'habitude de ça : le sommeil de sa mère durant le jour, le silence à respecter, les gâteaux à attraper tout seul, avec précaution, la télévision à allumer en prenant soin de régler le son au minimum pour ne pas me réveiller. Il a un jeu favori : avec de la pâte à modeler, il fabrique la dame en noir. Il lui invente un corps, un visage. Il lui fait de grands yeux, avec un trou dedans. Parfois il lui confectionne une robe, un collier. Il veut la rendre aussi belle que possible. Lorsqu'il pense avoir terminé, il élève la figurine à hauteur de son visage et fixe les yeux vides. Puis il la détruit. Minutieusement. Membre après membre. Lorsqu'il ne reste plus que des morceaux, il les laisse tomber à terre et les piétine. Un jour, il m'a expliqué pourquoi. Il m'a dit que le temps, ainsi, passait plus vite.

Sa main qui me serre de nouveau. J'ai dû m'arrêter de parler sans m'en apercevoir. Je n'ose pas ouvrir les yeux. J'ai peur de la fin du chemin. J'ai peur de tant de misère.

J'hésite puis, très vite, je pose ma main sur la sienne. Je le sens qui tressaille. Et s'il me repoussait ?

Il n'a pas bougé. Je sais que je peux terminer.

– C'est la fin de l'après-midi. Il a fait si beau aujourd'hui... la lumière est encore aveuglante. Elle boit les murs, les meubles, les objets, tout. La table de la cuisine, les verres posés dans l'évier, le reste de quiche du déjeuner. Je suis restée allongée toute la journée... migraine épouvantable... j'ai dépassé la dose maximale de cachets autorisée. La douleur est intenable. Je me lève. J'ai soif. Je n'ai plus d'eau à portée de main. J'ai essayé d'appeler Théo mais il ne m'entend pas... Doit être occupé à jouer dans sa chambre... Il joue si bien tout seul... Loin de moi, comme il est mignon... Je vais me servir toute seule. J'essaie de ne pas penser au temps où... lorsque je le gardais des heures dans mes bras... je le contemplais, je le cajolais... Entre nous, il n'y avait que de la douceur... Je me perdais dans son odeur... Il m'offrait la sienne... Les heures étaient légères...

Dans la cuisine... Tant de lumière... Les élancements dans la tête redoublent. Tout tourne autour de moi, chavire. Je fixe l'égouttoir, j'essaie de ne pas le perdre des yeux. Je vacille. Je cherche les cachets. Je m'agrippe au rebord du plan de travail. J'attrape un verre. Ma main tremble. J'ouvre le robinet. Sensation de suffoquer, de ne plus pouvoir puiser d'air. Je ne sens plus mon corps. Il n'y a plus que ma tête, lourde, brûlante. J'étouffe. Ma main lâche le verre. J'entends encore le bruit du verre brisé.

Je suis là et je ne suis plus là.

Je regarde Théo. J'ai honte.

Il tient dans la main un bout de pâte à modeler. Ça devait être un bras. Peut-être qu'il ne sait plus. Il me regarde me rouler à terre. Ce doit être étrange de voir sa Maman se tordre ainsi, en silence. Mes jambes s'agitent. Quelque chose sort de ma bouche.

Comme de l'eau avec des petites bulles. Il détourne la tête. Il se retire de la cuisine, sur la pointe des pieds. Doucement il ferme la porte. Je l'entends prononcer tout haut : Maman doit se reposer. Elle est fatiguée. Il faut la laisser tranquille.

Pas assez de lumière ici. Tout est trop sombre. Depuis quand n'ai-je plus vu le ciel ? En prison, le ciel est étroit. Rien à voir avec le vrai ciel, celui dont je me souviens, celui qui court sur la mer... Si je pouvais revoir la mer, une dernière fois. M'avancer au bord de l'eau, entrer avec précaution. Puis m'aventurer. Les vagues, légères, si légères. Le corps vivant dans tout ce liquide. Le corps qui glisse à la surface de l'eau, puis lentement s'enfonce. On ne sait plus où il commence, où il finit... Comme tout est vaste et éblouissant.

La mer me donnait envie de pleurer, tellement je m'y sentais bien.

Je n'y ai jamais emmené Théo. Je n'y ai pas pensé. Il est mort sans la mer au-dedans de lui. Je l'ai laissé mourir sans lui donner ça. Mais qu'est-ce que je lui ai donné ? Je l'ai laissé venir et qu'est-ce que je lui ai donné ?

– Madame, c'est l'heure. Il faut y aller.

Le sang qui s'arrête un instant de couler. Le corps qui se fige. Comme la mort est lente à venir.

Ouvrir les yeux. Essayer de le regarder, de

hocher la tête, de se lever. Je ne peux pas : le corps n'obéit plus.

– Je vais vous aider. Appuyez-vous à mon bras.

Je le regarde, l'homme qui m'offre son appui. Il y a dans ses yeux quelque chose de trouble. Les vents se lèvent. La tempête s'annonce. J'ai peur. Dieu, comme j'ai peur ! Je vais perdre mon corps. Il va m'abandonner. Et ma voix ? Me restera-t-il seulement ma voix ?

Je tremble. Je tremble de tous mes membres. Ils s'entrechoquent. Je les entends. Des os morts. L'homme doit sentir ma peur. La peur pue. Une odeur aigre, acide. J'ai honte d'être devenue ça, une trouille, rien qu'une trouille. Est-ce qu'il a eu peur, lui ? Est-ce qu'il a eu le temps d'avoir peur de s'être senti poussé ? Non, je ne l'ai pas poussé... Tu l'as poussé. Tu l'as poussé, Léa, ta main dans son dos, ta main qui l'a entraîné vers l'escalier, le petit escalier raide que tu lui avais longtemps interdit de descendre seul. J'ai juste posé la main sur lui, j'ai juste posé la main... Ma tête me lançait, j'ai perdu l'équilibre, ma tête me lançait affreusement... Tu as appuyé, tu sais que tu as appuyé. Un éclair, tu t'es dit, Et si ? Et cela a suffi. Ce *Et si ?* a suffi. Il s'est senti poussé et il a eu le temps de comprendre ta décision de ne pas faire un geste, de ne pas essayer de le rattraper. Ce temps-là, il l'a eu. Te savoir, toi, parfaitement immobile. Pas de bond en avant, de bras qui se tend, de corps qui s'élance. Pas même un cri. Rien. Il a eu le temps de savoir ça : sa mère l'avait entraîné dans le vide et ne criait pas.

– Non, restez debout. Tout serait encore plus difficile. Je vais vous accompagner jusque dans la salle. S'ils vous voient tomber... Appuyez-vous sur moi, de tout votre poids.

Puis, tout bas :

– Faites-moi confiance. J'ai l'habitude.

Je tourne mon visage vers lui, lentement. J'ai peur de ne pas avoir assez de souffle. Je m'arrête, regarde à terre, rassemble mes forces pour lui poser la question :

– Pourquoi faites-vous ça ?

Le son qui s'étrangle dans la gorge. Peut-être n'a-t-il pas entendu. J'essaie de répéter :

– Pourquoi faites-vous... ?

Il lève les yeux :

– Parce que je vous écoute, depuis tout à l'heure. Et, je ne sais pas, j'ai cru au début que tout ça... toutes ces choses que vous racontez... Que tout ça était un grand désordre, mais...

Il s'interrompt puis reprend, plus bas encore, un murmure :

– Peu à peu cela m'a paru si clair. J'ai pensé que je pourrais être à votre place et vous à la mienne. Alors, c'est pour ça, je voudrais... je voudrais juste que vous ne tombiez pas. Au moins ça. Qu'est-ce que c'est ?

Fermer les yeux une seconde. Le sang qui bouillonne au-dedans de moi. Je ne suis donc pas seule ! Quelqu'un m'accompagne. La tête me tourne. Je ne sais plus... Douleur d'être ici, finie, brisée, joie d'éprouver la chaleur d'un autre au sortir d'une infernale errance. Éprouver la douceur des mots prononcés par un autre, des mots qui sont parvenus jusqu'à moi. Comment la vie peut-elle dans un même mouvement écraser et élever ? Retirer et offrir ?

– C'est extraordinaire.

– Comment, Madame ? Je n'ai pas compris.

Je secoue la tête en essayant de lui sourire. Mes yeux sont remplis de larmes qui ne coulent pas. Je garde le silence. Je voudrais trouver les mots, dire à cet homme... lui dire quoi ? Parler est devenu si difficile. Je ne sais plus parler. Je ne peux plus parler. Je suis un magma de boue sèche sur laquelle une eau claire vient de couler et je bois, je bois sans m'interrompre l'instant de lumière qui m'est offert.

– Nous y sommes, Madame. Je ne peux pas entrer dans la salle avec vous, Madame. Je vous laisse.

Je perçois la légère pression de la main de l'homme sur mon poignet. C'est une longue et douce brûlure. Je relève la tête, une dernière fois je regarde l'homme. Je m'appuie de tout mon poids sur lui. La brûlure s'amplifie, se propage dans tout mon corps. C'est douloureux et apaisant. Une seconde nous restons face à face. L'homme baisse la tête. D'une main maladroite il me pousse doucement de manière à me faire entrer dans la salle, puis se détourne. Je n'aperçois plus que le dos, voûté. De dos l'homme paraît vieux. Très vieux. La porte se referme. Je me retrouve dans le silence.

Ils sont tous là. Est-ce qu'ils me regardent ? Je ne peux pas les regarder. Vais manquer d'air. On m'assoit. Un homme parle. Je ne peux pas entendre. Les mots se suivent. Je ne peux pas entendre. La salle se rétrécit. Les murs se chevauchent. On va tous crever. Eux et moi. Étouffés sous ces murs. S'en rendent pas compte. Comment ne s'en rendent-ils pas compte ? Taisez-vous ! Regardez autour de vous ! Les murs vont vous écraser.

*... Reconnue coupable du meurtre de son enfant... en conséquence... quinze ans de prison ferme... l'accusée...*

Elle ouvre les yeux. Devant elle un homme lui parle mais elle ne comprend pas ce qu'il lui dit. Trop de vacarme dans la tête. Trop de silence. Il est tombé ! Marie, il est tombé ! Rattrape-le ! Rattrape-le, Léa ! Il va se tuer. Il roule. Petit corps qui n'en finit pas de rouler. Tu ne bouges pas. Tu ne lèves pas le petit doigt. Tu le regardes s'affaler. Tu l'abandonnes. Marie ou Léa ? Marie ou Léa, qui l'a abandonné ? C'est toi, à cet instant, c'est toi, tu tombes, tu tombes, la chute n'en finit pas. C'est lui qui crève, c'est toi qui tombes. Petits yeux ouverts en grand. Ne bougent plus. Voilà, c'est fini. Tout est fini. L'homme continue de parler. Elle secoue la tête, regarde par terre. Un bloc de pierre. Elle est devenue un bloc de pierre. Ce corps, là, assis, avachi, ce n'est plus elle. Elle vient d'en sortir. Elle le regarde. Un rire s'échappe d'elle. Sa délivrance. Dans ses oreilles le grondement s'amplifie. Elle se lève soudain. C'est si facile de lever son corps quand on ne lui appartient plus. Elle parle. La voix sort de son corps échappé. Elle l'écoute glisser, claire :

– Tout est bien ainsi...

Elle s'interrompt. Est-ce un rêve, ou le gardien se tient juste à ses côtés ? Elle comprend soudain de quelle chance il parlait. Elle ferme les yeux, répète, dans un murmure :

– Oui... Tout est bien.

Elle se rassoit. Elle laisse lentement glisser son doigt sur ses joues, sa bouche, son menton. Elle regarde l'assistance. On s'approche. On la relève. On la dirige vers la porte. Son corps est léger, léger. Si elle avait su comme un corps peut devenir léger.

Au moment de franchir le seuil, elle jette un coup d'œil sur le côté droit. Comme ça. Une intuition.

Ses parents. Là, à quelques mètres. Ses parents. Le père voûté, sans âge. La mère raide, le regard fier, ailleurs. La mère qui ne la regarde pas. Le père à côté de la mère, à côté comme avant, écartés. Le père tourne la tête vers Léa. Leurs regards se fondent l'un dans l'autre. Léa aperçoit les larmes sur le visage. Elle s'arrête. Le père s'approche. Un pas, un autre, encore un autre... Il est là, tout près. Elle entend sa respiration, courte, oppressée. Il tend son bras, pose la main sur l'épaule de Léa. Léa vacille. Le père la regarde. Tous deux se noient dans ce regard. À cet instant quelqu'un pousse Léa vers l'avant.

– Vous ne devez pas rester là, avancez.

Alors Léa entend, mais elle n'est pas certaine que ce soit vrai, Léa entend une voix sans âge lui murmurer : Pardonne-moi.

Mais elle n'est pas certaine d'avoir bien entendu.

GROUPE CPI

*Achevé d'imprimer en mai 2007*
*par* **BUSSIÈRE**
*à Saint-Amand-Montrond (Cher)*
N° d'édition : 91374. - N° d'impression : 70765.
Dépôt légal : juin 2007.
*Imprimé en France*

# Collection Points

DERNIERS TITRES PAUS

P1085. Aventures dans la France gourmande, *Peter Mayle*
P1086. Les Profanateurs, *Michael Collins*
P1087. L'Homme de ma vie, *Manuel Vázquez Montalbán*
P1088. Wonderland Avenue, *Michael Connelly*
P1089. L'Affaire Paola, *Donna Leon*
P1090. Nous n'irons plus au bal, *Michelle Spring*
P1091. Les Comptoirs du Sud, *Philippe Doumenc*
P1092. Foraine, *Paul Fournel*
P1093. Mère agitée, *Nathalie Azoulay*
P1094. Amanscale, *Maryline Desbiolles*
P1095. La Quatrième Main, *John Irving*
P1096. La Vie devant ses yeux, *Laura Kasischke*
P1097. Foe, *J.M. Coetzee*
P1098. Les Dix Commandements, *Marc-Alain Ouaknin*
P1099. Errance, *Raymond Depardon*
P1100. Dr la Mort, *Jonathan Kellerman*
P1101. Tatouage à la fraise, *Lauren Henderson*
P1102. La Frontière, *Patrick Bard*
P1103. La Naissance d'une famille, *T. Berry Brazelton*
P1104. Une mort secrète, *Richard Ford*
P1105. Blanc comme neige, *George P. Pelecanos*
P1106. Jours tranquilles à Belleville, *Thierry Jonquet*
P1107. Amants, *Catherine Guillebaud*
P1108. L'Or du roi, *Arturo Pérez-Reverte*
P1109. La Peau d'un lion, *Michael Ondaatje*
P1110. Funérarium, *Brigitte Aubert*
P1111. Requiem pour une ombre, *Andrew Klavan*
P1113. Tigre en papier, *Olivier Rolin*
P1114. Le Café Zimmermann, *Catherine Lépront*
P1115. Le Soir du chien, *Marie-Hélène Lafon*
P1116. Hamlet, pan, pan, pan, *Christophe Nicolas*
P1117. La Caverne, *José Saramago*
P1118. Un ami parfait, *Martin Suter*
P1119. Chang et Eng le double-garçon, *Darin Strauss*
P1120. Les Amantes, *Elfriede Jelinek*
P1121. L'Étoffe du diable, *Michel Pastoureau*
P1122. Meurtriers sans visage, *Henning Mankell*
P1123. Taxis noirs, *John McLaren*
P1124. La Revanche de Dieu, *Gilles Kepel*
P1125. À ton image, *Louise L. Lambrichs*
P1126. Les Corrections, *Jonathan Franzen*
P1127. Les Abeilles et la Guêpe, *François Maspero*

P1128. Les Adieux à la Reine, *Chantal Thomas*
P1129. Dondog, *Antoine Volodine*
P1130. La Maison Russie, *John le Carré*
P1131. Livre de chroniques, *António Lobo Antunes*
P1132. L'Europe en première ligne, *Pascal Lamy*
P1133. Les Nouveaux Maîtres du monde, *Jean Ziegler*
P1134. Tous des rats, *Barbara Seranella*
P1135. Des morts à la criée, *Ed Dee*
P1136. Allons voir plus loin, veux-tu ?, *Anny Duperey*
P1137. Les Papas et les Mamans, *Diastème*
P1138. Phantasia, *Abdelwahab Meddeb*
P1139. Métaphysique du chien, *Philippe Ségur*
P1140. Mosaïque, *Claude Delarue*
P1141. Dormir accompagné, *António Lobo Antunes*
P1142. Un monde ailleurs, *Stewart O'Nan*
P1143. Rocks Springs, *Richard Ford*
P1144. L'Ami de Vincent, *Jean-Marc Roberts*
P1145. La Fascination de l'étang, *Virginia Woolf*
P1146. Ne te retourne pas, *Karin Fossum*
P1147. Dragons, *Marie Desplechin*
P1148. La Médaille, *Lydie Salvayre*
P1149. Les Beaux Bruns, *Patrick Gourvennec*
P1150. Poids léger, *Olivier Adam*
P1151. Les Trapézistes et le Rat, *Alain Fleischer*
P1152. À livre ouvert, *William Boyd*
P1153. Péchés innombrables, *Richard Ford*
P1154. Une situation difficile, *Richard Ford*
P1155. L'éléphant s'évapore, *Haruki Murakami*
P1156. Un amour dangereux, *Ben Okri*
P1157. Le Siècle des communismes, *ouvrage collectif*
P1158. Funky Guns, *George P. Pelecanos*
P1159. Les Soldats de l'aube, *Deon Meyer*
P1160. Le Figuier, *François Maspero*
P1161. Les Passagers du Roissy-Express, *François Maspero*
P1162. Visa pour Shanghai, *Qiu Xiaolong*
P1163. Des dahlias rouge et mauve, *Frédéric Vitoux*
P1164. Il était une fois un vieux couple heureux
*Mohammed Khaïr-Eddine*
P1165. Toilette de chat, *Jean-Marc Roberts*
P1166. Catalina, *Florence Delay*
P1167. Nid d'hommes, *Lu Wenfu*
P1168. La Longue Attente, *Ha Jin*
P1169. Pour l'amour de Judith, *Meir Shalev*
P1170. L'Appel du couchant, *Gamal Ghitany*
P1171. Lettres de Drancy
P1172. Quand les parents se séparent, *Françoise Dolto*

P1173. Amours sorcières, *Tahar Ben Jelloun*
P1174. Sale temps, *Sara Paretsky*
P1175. L'Ange du Bronx, *Ed Dee*
P1176. La Maison du désir, *France Huser*
P1177. Cytomégalovirus, *Hervé Guibert*
P1178. Les Treize Pas, *Mo Yan*
P1179. Le Pays de l'alcool, *Mo Yan*
P1180. Le Principe de Frédelle, *Agnès Desarthe*
P1181. Les Gauchers, *Yves Pagès*
P1182. Rimbaud en Abyssinie, *Alain Borer*
P1183. Tout est illuminé, *Jonathan Safran Foer*
P1184. L'Enfant zigzag, *David Grossman*
P1185. La Pierre de Rosette, *Robert Solé et Dominique Valbelle*
P1186. Le Maître de Pétersbourg, *J.M. Coetzee*
P1187. Les Chiens de Riga, *Henning Mankell*
P1188. Le Tueur, *Eraldo Baldini*
P1189. Un silence de fer, *Marcello Fois*
P1190. La Filière du jasmin, *Denise Hamilton*
P1191. Déportée en Sibérie, *Margarete Buber-Neumann*
P1192. Les Mystères de Buenos Aires, *Manuel Puig*
P1193. La Mort de la phalène, *Virginia Woolf*
P1194. Sionoco, *Leon De Winter*
P1195. Poèmes et chansons, *Georges Brassens*
P1196. Innocente, *Dominique Souton*
P1197. Taking Lives / Destins violés, *Michael Pye*
P1198. Gang, *Toby Litt*
P1199. Elle est partie, *Catherine Guillebaud*
P1200. Le Luthier de Crémone, *Herbert Le Porrier*
P1201. Le Temps des déracinés, *Elie Wiesel*
P1202. Les Portes du sang, *Michel Del Castillo*
P1203. Featherstone, *Kirsty Gunn*
P1204. Un vrai crime pour livres d'enfants, *Chloe Hooper*
P1205. Les Vagabonds de la faim, *Tom Kromer*
P1206. Mister Candid, *Jules Hardy*
P1207. Déchaînée, *Lauren Henderson*
P1208. Hypnose mode d'emploi, *Gérard Miller*
P1209. Corse, *Jean-Noël Pancrazi et Raymond Depardon*
P1210. Le Dernier Viking, *Patrick Grainville*
P1211. Charles et Camille, *Frédéric Vitoux*
P1212. Siloé, *Paul Gadenne*
P1213. Bob Marley, *Stephen Davies*
P1214. Ça ne peut plus durer, *Joseph Connolly*
P1215. Tombe la pluie, *Andrew Klavan*
P1216. Quatre soldats, *Hubert Mingarelli*
P1217. Les Cheveux de Bérénice, *Denis Guedj*
P1218. Les Garçons d'en face, *Michèle Gazier*

P1219. Talion, *Christian de Montella*
P1220. Les Images, *Alain Rémond*
P1221. La Reine du Sud, *Arturo Pérez-Reverte*
P1222. Vieille menteuse, *Anne Fine*
P1223. Danse, danse, danse, *Haruki Murakami*
P1224. Le Vagabond de Holmby Park, *Herbert Lieberman*
P1225. Des amis haut placés, *Donna Leon*
P1226. Tableaux d'une ex, *Jean-Luc Benoziglio*
P1227. La Compagnie, le grand roman de la CIA, *Robert Little*
P1228. Chair et sang, *Jonathan Kellerman*
P1230. Darling Lilly, *Michael Connelly*
P1231. Les Tortues de Zanzibar, *Giles Foden*
P1232. Il a fait l'idiot à la chapelle !, *Daniel Auteuil*
P1233. Lewis & Alice, *Didier Decoin*
P1234. Dialogue avec mon jardinier, *Henri Cueco*
P1235. L'Émeute, *Shashi Tharoor*
P1236. Le Palais des Miroirs, *Amitav Ghosh*
P1237. La Mémoire du corps, *Shauna Singh Baldwin*
P1238. Middlesex, *Jeffrey Eugenides*
P1239. Je suis mort hier, *Alexandra Marinina*
P1240. Cendrillon, mon amour, *Lawrence Block*
P1241. L'Inconnue de Baltimore, *Laura Lippman*
P1242. Berlinale Blitz, *Stéphanie Benson*
P1243. Abattoir 5, *Kurt Vonnegut*
P1244. Catalogue des idées reçues sur la langue
*Marina Yaguello*
P1245. Tout se paye, *George P. Pelecanos*
P1246. Autoportrait à l'ouvre-boîte, *Philippe Ségur*
P1247. Tout s'avale, *Hubert Michel*
P1248. Quand on aime son bourreau, *Jim Lewis*
P1249. Tempête de glace, *Rick Moody*
P1250. Dernières nouvelles du bourbier, *Alexandre Ikonnikov*
P1251. Le Rameau brisé, *Jonathan Kellerman*
P1252. Passage à l'ennemie, *Lydie Salvayre*
P1253. Une saison de machettes, *Jean Hatzfeld*
P1254. Le Goût de l'avenir, *Jean-Claude Guillebaud*
P1255. L'Étoile d'Alger, *Aziz Chouaki*
P1256. Cartel en tête, *John McLaren*
P1257. Sans penser à mal, *Barbara Seranella*
P1258. Tsili, *Aharon Appelfeld*
P1259. Le Temps des prodiges, *Aharon Appelfeld*
P1260. Ruines-de-Rome, *Pierre Sengès*
P1261. La Beauté des loutres, *Hubert Mingarelli*
P1262. La Fin de tout, *Jay McInerney*
P1263. Jeanne et les siens, *Michel Winock*
P1264. Les Chats mots, *Anny Duperey*

P1265. Quand j'avais cinq ans, je m'ai tué, *Howard Buten*
P1266. Vers l'âge d'homme, *J.M. Coetzee*
P1267. L'Invention de Paris, *Eric Hazan*
P1268. Chroniques de l'oiseau à ressort, *Haruki Murakami*
P1269. En crabe, *Günter Grass*
P1270. Mon père, ce harki, *Dalila Kerchouche*
P1271. Lumière morte, *Michael Connelly*
P1272. Détonations rapprochées, *C.J. Box*
P1273. Lorsque la nature parlait aux Égyptiens
*Christiane Desroches Noblecourt*
P1274. Les Réquisitoires du Tribunal des Flagrants Délires 1
*Pierre Desproges*
P1275. Les Réquisitoires du Tribunal des Flagrants Délires 2
*Pierre Desproges*
P1276. Un amant naïf et sentimental, *John le Carré*
P1277. Fragiles, *Philippe Delerm et Martine Delerm*
P1278. La Chambre blanche, *Christine Jordis*
P1279. Adieu la vie, adieu l'amour, *Juan Marsé*
P1280. N'entre pas si vite dans cette nuit noire
*António Lobo Antunes*
P1281. L'Évangile selon saint Loubard, *Guy Gilbert*
P1282. La Femme qui attendait, *Andreï Makine*
P1283. Les Candidats, *Yun Sun Limet*
P1284. Petit traité de désinvolture, *Denis Grozdanovitch*
P1285. Personne, *Linda Lê*
P1286. Sur la photo, *Marie-Hélène Lafon*
P1287. Le Mal du pays, *Patrick Roegiers*
P1288. Politique, *Adam Thirlwell*
P1289. Érec et Énide, *Manuel Vázquez Montalbán*
P1290. La Dormeuse de Naples, *Adrien Goetz*
P1291. Le croque-mort a la vie dure, *Tim Cockey*
P1292. Pretty Boy, *Lauren Henderson*
P1293. La Vie sexuelle en France, *Janine Mossuz-Lavau*
P1294. Souvenirs obscurs d'un Juif polonais né en France
*Pierre Goldman*
P1295. Dans l'alcool, *Thierry Vimal*
P1296. Le Monument, *Claude Duneton*
P1297. Mon nerf, *Rachid Djaïdani*
P1298. Plutôt mourir, *Marcello Fois*
P1299. Les pingouins n'ont jamais froid, *Andreï Kourkov*
P1300. La Mitrailleuse d'argile, *Viktor Pelevine*
P1301. Un été à Baden-Baden, *Leonid Tsypkin*
P1302. Hasard des maux, *Kate Jennings*
P1303. Le Temps des erreurs, *Mohammed Choukri*
P1304. Boumkœur, *Rachid Djaïdani*
P1305. Vodka-Cola, *Irina Denejkina*

P1306. La Lionne blanche, *Henning Mankell*
P1307. Le Styliste, *Alexandra Marinina*
P1308. Pas d'erreur sur la personne, *Ed Dee*
P1309. Le Casseur, *Walter Mosley*
P1310. Le Dernier Ami, *Tahar Ben Jelloun*
P1311. La Joie d'Aurélie, *Patrick Grainville*
P1312. L'Aîné des orphelins, *Tierno Monénembo*
P1313. Le Marteau pique-cœur, *Azouz Begag*
P1314. Les Âmes perdues, *Michael Collins*
P1315. Écrits fantômes, *David Mitchell*
P1316. Le Nageur, *Zsuzsa Bánk*
P1317. Quelqu'un avec qui courir, *David Grossman*
P1318. L'Attrapeur d'ombres, *Patrick Bard*
P1319. Venin, *Saneh Sangsuk*
P1320. Le Gone du Chaâba, *Azouz Begag*
P1321. Béni ou le Paradis privé, *Azouz Begag*
P1322. Mésaventures du Paradis
*Erik Orsenna et Bernard Matussière*
P1323. L'Âme au poing, *Patrick Rotman*
P1324. Comedia Infantil, *Henning Mankell*
P1325. Niagara, *Jane Urquhart*
P1326. Une amitié absolue, *John le Carré*
P1327. Le Fils du vent, *Henning Mankell*
P1328. Le Témoin du mensonge, *Mylène Dressler*
P1329. Pelle le Conquérant 1, *Martin Andersen Nexø*
P1330. Pelle le Conquérant 2, *Martin Andersen Nexø*
P1331. Mortes-eaux, *Donna Leon*
P1332. Déviances mortelles, *Chris Mooney*
P1333. Les Naufragés du Batavia, *Simon Leys*
P1334. L'Amandière, *Simonetta Agnello Hornby*
P1335. C'est en hiver que les jours rallongent, *Joseph Bialot*
P1336. Cours sur la rive sauvage, *Mohammed Dib*
P1337. Hommes sans mère, *Hubert Mingarelli*
P1338. Reproduction non autorisée, *Marc Vilrouge*
P1339. S.O.S., *Joseph Connolly*
P1340. Sous la peau, *Michel Faber*
P1341. Dorian, *Will Self*
P1342. Le Cadeau, *David Flusfeder*
P1343. Le Dernier Voyage d'Horatio II, *Eduardo Mendoza*
P1344. Mon vieux, *Thierry Jonquet*
P1345. Lendemains de terreur, *Lawrence Block*
P1346. Déni de justice, *Andrew Klavan*
P1347. Brûlé, *Leonard Chang*
P1348. Montesquieu, *Jean Lacouture*
P1349. Stendhal, *Jean Lacouture*
P1350. Le Collectionneur de collections, *Henri Cueco*

P1351. Camping, *Abdelkader Djemaï*
P1352. Janice Winter, *Rose-Marie Pagnard*
P1353. La Jalousie des fleurs, *Ysabelle Lacamp*
P1354. Ma vie, son œuvre, *Jacques-Pierre Amette*
P1355. Lila, Lila, *Martin Suter*
P1356. Un amour de jeunesse, *Ann Packer*
P1357. Mirages du Sud, *Nedim Gürsel*
P1358. Marguerite et les Enragés
*Jean-Claude Lattès et Éric Deschodt*
P1359. Los Angeles River, *Michael Connelly*
P1360. Refus de mémoire, *Sarah Paretsky*
P1361. Petite musique de meurtre, *Laura Lippman*
P1362. Le Cœur sous le rouleau compresseur, *Howard Buten*
P1363. L'Anniversaire, *Mouloud Feraoun*
P1364. Passer l'hiver, *Olivier Adam*
P1365. L'Infamille, *Christophe Honoré*
P1366. La Douceur, *Christophe Honoré*
P1367. Des gens du monde, *Catherine Lépront*
P1368. Vent en rafales, *Taslima Nasreen*
P1369. Terres de crépuscule, *J.M. Coetzee*
P1370. Lizka et ses hommes, *Alexandre Ikonnikov*
P1371. Le Châle, *Cynthia Ozick*
P1372. L'Affaire du Dahlia noir, *Steve Hodel*
P1373. Premières armes, *Faye Kellerman*
P1374. Onze jours, *Donald Harstad*
P1375. Le croque-mort préfère la bière, *Tim Cockey*
P1376. Le Messie de Stockholm, *Cynthia Ozick*
P1377. Quand on refuse on dit non, *Ahmadou Kourouma*
P1378. Une vie française, *Jean-Paul Dubois*
P1379. Une année sous silence, *Jean-Paul Dubois*
P1380. La Dernière Leçon, *Noëlle Châtelet*
P1381. Folle, *Nelly Arcan*
P1382. La Hache et le Violon, *Alain Fleischer*
P1383. Vive la sociale !, *Gérard Mordillat*
P1384. Histoire d'une vie, *Aharon Appelfeld*
P1385. L'Immortel Bartfuss, *Aharon Appelfeld*
P1386. Beaux seins, belles fesses, *Mo Yan*
P1387. Séfarade, *Antonio Muñoz Molina*
P1388. Le Gentilhomme au pourpoint jaune
*Arturo Pérez-Reverte*
P1389. Ponton à la dérive, *Daniel Katz*
P1390. La Fille du directeur de cirque, *Jostein Gaarder*
P1391. Pelle le Conquérant 3, *Martin Andersen Nexø*
P1392. Pelle le Conquérant 4, *Martin Andersen Nexø*
P1393. Soul Circus, *George P. Pelecanos*
P1394. La Mort au fond du canyon, *C.J. Box*

P1395. Recherchée, *Karin Alvtegen*
P1396. Disparitions à la chaîne, *Åke Smedberg*
P1397. Bardo or not Bardo, *Antoine Volodine*
P1398. La Vingt-Septième Ville, *Jonathan Franzen*
P1399. Pluie, *Kirsty Gunn*
P1400. La Mort de Carlos Gardel, *António Lobo Antunes*
P1401. La Meilleure Façon de grandir, *Meir Shalev*
P1402. Les Plus Beaux Contes zen, *Henri Brunel*
P1403. Le Sang du monde, *Catherine Clément*
P1404. Poétique de l'égorgeur, *Philippe Ségur*
P1405 La Proie des âmes, *Matt Ruff*
P1406. La Vie invisible, *Juan Manuel de Prada*
P1407. Qu'elle repose en paix, *Jonathan Kellerman*
P1408. Le Croque-mort à tombeau ouvert, *Tim Cockey*
P1409. La Ferme des corps, *Bill Bass*
P1410. Le Passeport, *Azouz Begag*
P1411. La station Saint-Martin est fermée au public
*Joseph Bialot*
P1412. L'Intégration, *Azouz Begag*
P1413. La Géométrie des sentiments, *Patrick Roegiers*
P1414. L'Ame du chasseur, *Deon Meyer*
P1415. La Promenade des délices, *Mercedes Deambrosis*
P1416. Un après-midi avec Rock Hudson
*Mercedes Deambrosis*
P1417. Ne gênez pas le bourreau, *Alexandra Marinina*
P1418. Verre cassé, *Alain Mabanckou*
P1419. African Psycho, *Alain Mabanckou*
P1420. Le Nez sur la vitre, *Abdelkader Djemaï*
P1421. Gare du Nord, *Abdelkader Djemaï*
P1422. Le Chercheur d'Afriques, *Henri Lopes*
P1423. La Rumeur d'Aquitaine, *Jean Lacouture*
P1424. Une soirée, *Anny Duperey*
P1425. Un saut dans le vide, *Ed Dee*
P1426. En l'absence de Blanca, *Antonio Muñoz Molina*
P1427. La Plus Belle Histoire du bonheur, *collectif*
P1429. Comment c'était. Souvenirs sur Samuel Beckett
*Anne Atik*
P1430. Suite à l'hôtel Crystal, *Olivier Rolin*
P1431. Le Bon Serviteur, *Carmen Posadas*
P1432. Traité de savoir-vivre à l'usage des jeunes Russes
*Gary Shteyngart*
P1433. C'est égal, *Agota Kristof*
P1434. Le Nombril des femmes, *Dominique Quessada*
P1435. L'Enfant à la luge, *Chris Mooney*
P1436. Encres de Chine, *Qiu Xiaolong*
P1437. Enquête de mor(t)alité, *Gene Riehl*

P1438. Le Château du Roi Dragon. La Saga du Roi Dragon I
*Stephen Lawhead*
P1439. Les Armes des Garamont. La Malerune I
*Pierre Grimbert*
P1440. Le Prince déchu. Les Enfants de l'Atlantide I
*Bernard Simonay*
P1441. Le Voyage d'Hawkwood. Les Monarchies divines I
*Paul Kearney*
P1442. Un trône pour Hadon. Le Cycle d'Opar I
*Philip-José Farmer*
P1443. Fendragon, *Barbara Hambly*
P1444. Les Brigands de la forêt de Skule, *Kerstin Ekman*
P1445. L'Abîme, *John Crowley*
P1446. Œuvre poétique, *Léopold Sédar Senghor*
P1447. Cadastre, *suivi de* Moi, laminaire..., *Aimé Césaire*
P1448. La Terre vaine et autres poèmes, *Thomas Stearns Eliot*
P1449. Le Reste du voyage et autres poèmes, *Bernard Noël*
P1450. Haïkus, *anthologie*
P1451. L'Homme qui souriait, *Henning Mankell*
P1452. Une question d'honneur, *Donna Leon*
P1453. Little Scarlet, *Walter Mosley*
P1454. Elizabeth Costello, *J.M. Coetzee*
P1455. Le maître a de plus en plus d'humour, *Mo Yan*
P1456. La Femme sur la plage avec un chien, *William Boyd*
P1457. Accusé Chirac, levez-vous !, *Denis Jeambar*
P1458. Sisyphe, roi de Corinthe. Le Châtiment des Dieux I
*François Rachline*
P1459. Le Voyage d'Anna, *Henri Gougaud*
P1460. Le Hussard, *Arturo Pérez-Reverte*
P1461. Les Amants de pierre, *Jane Urquhart*
P1462. Corcovado, *Jean-Paul Delfino*
P1463. Hadon, le guerrier. Le Cycle d'Opar II
*Philip José Farmer*
P1464. Maîtresse du Chaos. La Saga de Raven I
*Robert Holdstock et Angus Wells*
P1465. La Sève et le Givre, *Léa Silhol*
P1466. Élégies de Duino *suivi de* Sonnets à Orphée
*Rainer Maria Rilke*
P1467. Rilke, *Philippe Jaccottet*
P1468. C'était mieux avant, *Howard Buten*
P1469. Portrait du Gulf Stream, *Érik Orsenna*
P1470. La Vie sauve, *Lydie Violet et Marie Desplechin*
P1471. Chicken Street, *Amanda Sthers*
P1472. Polococktail Party, *Dorota Maslowska*
P1473. Football factory, *John King*
P1474. Une petite ville en Allemagne, *John le Carré*

P1475. Le Miroir aux espions, *John le Carré*
P1476. Deuil interdit, *Michael Connelly*
P1477. Le Dernier Testament, *Philip Le Roy*
P1478. Justice imminente, *Jilliane Hoffman*
P1479. Ce cher Dexter, *Jeff Lindsay*
P1480. Le Corps noir, *Dominique Manotti*
P1481. Improbable, *Adam Fawer*
P1482. Les Rois hérétiques. Les Monarchies divines II
*Paul Kearney*
P1483. L'Archipel du soleil. Les Enfants de l'Atlantide II
*Bernard Simonay*
P1484. Code Da Vinci : l'enquête
*Marie-France Etchegoin et Frédéric Lenoir*
P1485. L.A. confidentiel : les secrets de Lance Armstrong
*Pierre Ballester et David Walsh*
P1486. Maria est morte, *Jean-Paul Dubois*
P1487. Vous aurez de mes nouvelles, *Jean-Paul Dubois*
P1488. Un pas de plus, *Marie Desplechin*
P1489. D'excellente famille, *Laurence Deflassieux*
P1490. Une femme normale, *Émilie Frèche*
P1491. La Dernière Nuit, *Marie-Ange Guillaume*
P1492. Le Sommeil des poissons, *Véronique Ovaldé*
P1493. La Dernière Note, *Jonathan Kellerman*
P1494. La Cité des Jarres, *Arnaldur Indridason*
P1495. Électre à La Havane, *Leonardo Padura*
P1496. Le croque-mort est bon vivant, *Tim Cockey*
P1497. Le Cambrioleur en maraude, *Lawrence Block*
P1498. L'Araignée d'émeraude. La Saga de Raven II
*Robert Holdstock et Angus Wells*
P1499. Faucon de mai, *Gillian Bradshaw*
P1500. La Tante marquise, *Simonetta Agnello Hornby*
P1501. Anita, *Alicia Dujovne Ortiz*
P1502. Mexico City Blues, *Jack Kerouac*
P1503. Poésie verticale, *Roberto Juarroz*
P1506. Histoire de Rofo, clown, *Howard Buten*
P1507. Manuel à l'usage des enfants qui ont des parents difficiles
*Jeanne Van den Brouk*
P1508. La Jeune Fille au balcon, *Leïla Sebbar*
P1509. Zenzela, *Azouz Begag*
P1510. La Rébellion, *Joseph Roth*
P1511. Falaises, *Olivier Adam*
P1512. Webcam, *Adrien Goetz*
P1513. La Méthode Mila, *Lydie Salvayre*
P1514. Blonde abrasive, *Christophe Paviot*
P1515. Les Petits-Fils nègres de Vercingétorix, *Alain Mabanckou*
P1516. 107 ans, *Diastème*

P1517. La Vie magnétique, *Jean-Hubert Gailliot*
P1518. Solos d'amour, *John Updike*
P1519. Les Chutes, *Joyce Carol Oates*
P1520. Well, *Matthieu McIntosh*
P1521. À la recherche du voile noir, *Rick Moody*
P1522. Train, *Pete Dexter*
P1523. Avidité, *Elfriede Jelinek*
P1524. Retour dans la neige, *Robert Walser*
P1525. La Faim de Hoffman, *Leon De Winter*
P1526. Marie-Antoinette, la naissance d'une reine. Lettres choisies, *Évelyne Lever*
P1527. Les Petits Verlaine *suivi de* Samedi, dimanche et fêtes *Jean-Marc Roberts*
P1528. Les Seigneurs de guerre de Nin. La Saga du Roi Dragon II *Stephen Lawhead*
P1529. Le Dire des Sylfes. La Malerune II *Michel Robert et Pierre Grimbert*
P1530. Le Dieu de glace. La Saga de Raven III *Robert Holdstock et Angus Wells*
P1531. Un bon cru, *Peter Mayle*
P1532. Confessions d'un boulanger, *Peter Mayle et Gérard Auzet*
P1533. Un poisson hors de l'eau, *Bernard Comment*
P1534. Histoire de la Grande Maison, *Charif Majdalani*
P1535. La Partie belle *suivi de* La Comédie légère *Jean-Marc Roberts*
P1536. Le Bonheur obligatoire, *Norman Manea*
P1537. Les Larmes de ma mère, *Michel Layaz*
P1538. Tant qu'il y aura des élèves, *Hervé Hamon*
P1539. Avant le gel, *Henning Mankell*
P1540. Code 10, *Donald Harstad*
P1541. Les Nouvelles Enquêtes du juge Ti, vol. 1 Le Château du lac Tchou-An, *Frédéric Lenormand*
P1542. Les Nouvelles Enquêtes du juge Ti, vol. 2 La Nuit des juges, *Frédéric Lenormand*
P1543. Que faire des crétins ? Les perles du Grand Larousse *Pierre Enckell et Pierre Larousse*
P1544. Motamorphoses. À chaque mot son histoire *Daniel Brandy*
P1545. L'habit ne fait pas le moine. Petite histoire des expressions *Gilles Henry*
P1546. Petit fictionnaire illustré. Les mots qui manquent au dico *Alain Finkielkraut*
P1547. Le Pluriel de bric-à-brac et autres difficultés de la langue française, *Irène Nouailhac*
P1548. Un bouquin n'est pas un livre. Les nuances des synonymes *Rémi Bertrand*

P1549. Sans nouvelles de Gurb, *Eduardo Mendoza*
P1550. Le Dernier Amour du président, *Andreï Kourkov*
P1551. L'Amour, soudain, *Aharon Appelfeld*
P1552. Nos plus beaux souvenirs, *Stewart O'Nan*
P1553. Saint-Sépulcre !, *Patrick Besson*
P1554. L'Autre comme moi, *José Saramago*
P1555. Pourquoi Mitterrand ?, *Pierre Joxe*
P1556. Pas si fous ces Français !
*Jean-Benoît Nadeau et Julie Barlow*
P1557. La Colline des Anges
*Jean-Claude Guillebaud et Raymond Depardon*
P1558. La Solitude heureuse du voyageur
*précédé de* Notes, *Raymond Depardon*
P1559. Hard Revolution, *George P. Pelecanos*
P1560. La Morsure du lézard, *Kirk Mitchell*
P1561. Winterkill, *C.J. Box*
P1562. La Morsure du dragon, *Jean-François Susbielle*
P1563. Rituels sanglants, *Craig Russell*
P1564. Les Écorchés, *Peter Moore Smith*
P1565. Le Crépuscule des géants. Les Enfants de l'Atlantide III
*Bernard Simonay*
P1566. Aara. Aradia I, *Tanith Lee*
P1567. Les Guerres de fer. Les Monarchies divines III
*Paul Kearney*
P1568. La Rose pourpre et le Lys, tome 1, *Michel Faber*
P1569. La Rose pourpre et le Lys, tome 2, *Michel Faber*
P1570. Sarnia, *G.B. Edwards*
P1571. Saint-Cyr/La Maison d'Esther, *Yves Dangerfield*
P1572. Renverse du souffle, *Paul Celan*
P1573. Pour un tombeau d'Anatole, *Stéphane Mallarmé*
P1574. 95 poèmes, *E.E. Cummings*
P1575. Le Dico des mots croisés.
8 000 définitions pour devenir imbattable, *Michel Laclos*
P1576. Les deux font la paire.
Les couples célèbres dans la langue française
*Patrice Louis*
P1577. C'est la cata. Petit manuel du français maltraité
*Pierre Bénard*
P1578. L'Avortement, *Richard Brautigan*
P1579. Les Braban, *Patrick Besson*
P1580. Le Sac à main, *Marie Desplechin*
P1581. Nouvelles du monde entier, *Vincent Ravalec*
P1582. Le Sens de l'arnaque, *James Swain*
P1583. L'Automne à Cuba, *Leonardo Padura*
P1584. Le Glaive et la Flamme. La Saga du Roi Dragon III
*Stephen Lawhead*

P1585. La Belle Arcane. La Malerune III
*Michel Robert et Pierre Grimbert*
P1586. Femme en costume de bataille, *Antonio Benitez-Rojo*
P1587. Le Cavalier de l'Olympe. Le Châtiment des Dieux II
*François Rachline*
P1588. Le Pas de l'ourse, *Douglas Glover*
P1589. Lignes de fond, *Neil Jordan*
P1590. Monsieur Butterfly, *Howard Buten*
P1591. Parfois je ris tout seul, *Jean-Paul Dubois*
P1592. Sang impur, *Hugo Hamilton*
P1593. Le Musée de la sirène, *Cypora Petitjean-Cerf*
P1594. Histoire de la gauche caviar, *Laurent Joffrin*
P1595. Les Enfants de chœur (Little Children), *Tom Perrotta*
P1596. Les Femmes politiques, *Laure Adler*
P1597. La Preuve par le sang, *Jonathan Kellerman*
P1598. La Femme en vert, *Arnaldur Indridason*
P1599. Le Che s'est suicidé, *Petros Markaris*
P1600. Les Nouvelles Enquêtes du juge Ti, vol. 3
Le Palais des courtisanes, *Frédéric Lenormand*
P1601. Trahie, *Karin Alvtegen*
P1602. Les Requins de Trieste, *Veit Heinichen*
P1603. Pour adultes seulement, *Philip Le Roy*
P1604. Offre publique d'assassinat, *Stephen W. Frey*
P1605. L'Heure du châtiment, *Eileen Dreyer*
P1606. Aden, *Anne-Marie Garat*
P1607. Histoire secrète du Mossad, *Gordon Thomas*
P1608. La Guerre du paradis. Le Chant d'Albion I
*Stephen Lawhead*
P1609. La Terre des Morts. Les Enfants de l'Atlantide IV
*Bernard Simonay*
P1610. Thenser. Aradia II, *Tanith Lee*
P1611. Le Petit Livre des gros câlins, *Kathleen Keating*
P1612. Un soir de décembre, *Delphine de Vigan*
P1613. L'Amour foudre, *Henri Gougaud*
P1614. Chaque jour est un adieu *suivi de* Un jeune homme est passé
*Alain Rémond*
P1615. Clair-obscur, *Jean Cocteau*
P1616. Chihuahua, zébu et Cie.
L'étonnante histoire des noms d'animaux
*Henriette Walter et Pierre Avenas*
P1617. Les Chaussettes de l'archiduchesse et autres défis
de la prononciation
*Julos Beaucarne et Pierre Jaskarzec*
P1618. My rendez-vous with a femme fatale.
Les mots français dans les langues étrangères
*Franck Resplandy*

P1619. Seulement l'amour, *Philippe Ségur*
P1620. La Jeune Fille et la Mère, *Leïla Marouane*
P1621. L'Increvable Monsieur Schneck, *Colombe Schneck*
P1622. Les Douze Abbés de Challant, *Laura Mancinelli*
P1623. Un monde vacillant, *Cynthia Ozick*
P1624. Les Jouets vivants, *Jean-Yves Cendrey*
P1625. Le Livre noir de la condition des femmes
*Christine Ockrent (dir.)*
P1626. Comme deux frères, *Jean-François Kahn et Axel Kahn*
P1627. Equador, *Miguel Sousa Tavares*
P1628. Du côté où se lève le soleil, *Anne-Sophie Jacouty*
P1629. L'Affaire Hamilton, *Michelle De Kretser*
P1630. Une passion indienne, *Javier Moro*
P1631. La Cité des amants perdus, *Nadeem Aslam*
P1632. Rumeurs de haine, *Taslima Nasreen*
P1633. Le Chromosome de Calcutta, *Amitav Ghosh*
P1634. Show business, *Shashi Tharoor*
P1635. La Fille de l'arnaqueur, *Ed Dee*
P1636. En plein vol, *Jan Burke*
P1637. Retour à la Grande Ombre, *Hakan Nesser*
P1638. Wren. Les Descendants de Merlin I, *Irene Radford*
P1639. Petit manuel de savoir-vivre à l'usage des enseignants
*Boris Seguin, Frédéric Teillard*
P1640. Les Voleurs d'écritures *suivi de* Les Tireurs d'étoiles
*Azouz Begag*
P1641. L'Empreinte des dieux. Le Cycle de Mithra I
*Rachel Tanner*
P1642. Enchantement, *Orson Scott Card*
P1643. Les Fantômes d'Ombria, *Patricia A. McKillip*
P1644. La Main d'argent. Le Chant d'Albion II
*Stephen Lawhead*
P1645. La Quête de Nifft-le-mince, *Michael Shea*
P1646. La Forêt d'Iscambe, *Christian Charrière*
P1647. La Mort du Nécromant, *Martha Wells*
P1648. Si la gauche savait, *Michel Rocard*
P1649. Misère de la V$^{e}$ République, *Bastien François*
P1650. Photographies de personnalités politiques
*Raymond Depardon*
P1651. Poèmes païens de Alberto Caeiro et Ricardo Reis
*Fernando Pessoa*
P1652. La Rose de personne, *Paul Celan*
P1653. Caisse claire, poèmes 1990-1997, *Antoine Emaz*
P1654. La Bibliothèque du géographe, *Jon Fasman*
P1655. Parloir, *Christian Giudicelli*
P1656. Poils de Cairote, *Paul Fournel*
P1657. Palimpseste, *Gore Vidal*

P1658. L'Épouse hollandaise, *Eric McCormack*
P1659. Ménage à quatre, *Manuel Vázquez Montalbán*
P1660. Milenio, *Manuel Vázquez Montalbán*
P1661. Le Meilleur de nos fils, *Donna Leon*
P1662. Adios Hemingway, *Leonardo Padura*
P1663. L'avenir c'est du passé, *Lucas Fournier*
P1664. Le Dehors et le dedans, *Nicolas Bouvier*
P1665. Partition rouge
poèmes et chants des indiens d'Amérique du Nord
*Jacques Roubaud, Florence Delay*
P1666. Un désir fou de danser, *Elie Wiesel*
P1667. Lenz, *Georg Büchner*
P1668. Resmiranda. Les Descendants de Merlin II, *Irene Radford*
P1669. Le Glaive de Mithra. Le Cycle de Mithra II, *Rachel Tanner*
P1670. Phénix vert.Trilogie du Latium I, *Thomas B. Swann*
P1671. Essences et parfums, *Anny Duperey*
P1672. Naissances, *Collectif*
P1673. L'Évangile une parole invincible, *Guy Gilbert*
P1674. L'époux divin, *Fransisco Goldman*
P1675. Petit dictionnaire des étymologies curieuses
*Pierre Larousse*
P1676. Facéties et Cocasseries du français, *Jean-Loup Chiflet*
P1677. Ça coule sous le sens, expression mêlées
*Olivier Marchon*
P1678. Le Retour du professeur de danse, *Henning Mankell*
P1679. Romanzo Criminale, *Giancarlo de Cataldo*
P1680. Ciel de sang, *Steve Hamilton*
P1681. Ultime Témoin, *Jilliane Hoffman*
P1682. Los Angeles, *Peter Moore Smith*
P1683. Encore une journée pourrie
ou 365 bonnes raisons de rester couché
*Pierre Enckell*
P1684. Chroniques de la haine ordinaire 2, *Pierre Desproges*
P1685. Desproges, portrait, *Marie-Ange Guillaume*
P1686. Les Amuse-Bush, *Collectif*
P1687. Mon valet et moi, *Hervé Guibert*
P1688. T'es pas mort !, *Antonio Skármeta*
P1689. En la forêt de Longue Attente.
Le roman de Charles d'Orléans, *Hella S. Haasse*
P1690. La Défense Lincoln, *Michael Connelly*
P1691. Flic à Bangkok, *Patrick Delachaux*
P1692. L'Empreinte du renard, *Moussa Konaté*
P1693. Les fleurs meurent aussi, *Lawrence Block*
P1694. L'Ultime Sacrilège, *Jérôme Bellay*
P1695. Engrenages, *Christopher Wakling*
P1696. La Sœur de Mozart, *Rita Charbonnier*

P1697. La Science du baiser, *Patrick Besson*
P1698. La Domination du monde, *Denis Robert*
P1699. Minnie, une affaire classée, *Hans Werner Kettenbach*
P1700. Dans l'ombre du Condor, *Jean-Paul Delfino*
P1701. Le Nœud sans fin. Le Chant d'Albion III
*Stephen Lawhead*
P1702. Le Feu primordial, *Martha Wells*
P1703. Le Très Corruptible Mandarin, *Qiu Xiaolong*
P1704. Dexter revient !, *Jeff Lindsay*
P1705. Vous plaisantez, monsieur Tanner, *Jean-Paul Dubois*
P1706. À Garonne, *Philippe Delerm*
P1707. Pieux mensonges, *Maile Meloy*
P1708. Chercher le vent, *Guillaume Vigneault*
P1709. Les Pierres du temps et autres poèmes, *Tahar Ben Jelloun*
P1710. René Char, *Éric Marty*
P1711. Les Dépossédés, *Robert McLiam Wilson*
*et Donovan Wylie*
P1712. Bob Dylan à la croisée des chemins. Like a Rolling Stone
*Greil Marcus*
P1713. Comme une chanson dans la nuit
*suivi de* Je marche au bras du temps, *Alain Rémond*
P1714. Où les borgnes sont rois, *Jess Walter*
P1715. Un homme dans la poche, *Aurélie Filippetti*
P1716. Prenez soin du chien, *J.M. Erre*
P1717. La Photo, *Marie Desplechin*
P1718. À ta place, *Karine Reysset*
P1719. Je pense à toi tous les jours, *Hélèna Villovitch*
P1720. Si petites devant ta face, *Anne Brochet*
P1721. Ils s'en allaient faire des enfants ailleurs
*Marie-Ange Guillaume*
P1722. Le Jugement de Léa, *Laurence Tardieu*
P1723. Tibet or not Tibet, *Péma Dordjé*
P1724. La Malédiction des ancêtres, *Kirk Mitchell*
P1725. Le Tableau de l'apothicaire, *Adrian Mathews*
P1726. Out, *Natsuo Kirino*
P1727. La Faille de Kaïber. Le Cycle des Ombres I
*Mathieu Gaborit*
P1728. Griffin. Les Descendants de Merlin III, *Irene Radford*
P1729. Le Peuple de la mer. Le Cycle du Latium II
*Thomas B. Swann*
P1730. Sexe, mensonges et Hollywood, *Peter Biskind*
P1731. Qu'avez-vous fait de la révolution sexuelle ?
*Marcela Iacub*
P1732. Persée, prince de la lumière. Le Châtiment des dieux III
*François Rachline*
P1733. Bleu de Sèvres, *Jean-Paul Desprat*